裏切られた夏

リン・グレアム

小砂　恵 訳

THE COZAKIS BRIDE

by Lynne Graham

This edition is published by arrangement with Harlequin Enterprises ULC.

Published by Harlequin Japan,

a Division of K.K. HarperCollins Japan, 2024

リン・グレアム

北アイルランド出身。10代のころからロマンス小説の熱心な読者で、初めて自分で書いたのは15歳のとき。大学で法律を学び、卒業後に14歳のときからの恋人と結婚。この結婚は一度破綻したが、数年後、同じ男性と恋に落ちて再婚するという経歴の持ち主。小説を書くアイデアは、自分の想像力とこれまでの経験から得ることがほとんどで、彼女自身、今でも自家用機に乗った億万長者にさらわれることを夢見ていると話す。

◆主要登場人物

オリンピア・マノリス……ロンドンに住む娘。
スピロス・マノリス………オリンピアの祖父。
イリーニ・マノリス………オリンピアの母親。
ニコス・コザキス…………実業家。愛称ニック。
ペリクレス・コザキス……ニックの弟。
カテリーナ・パラス………ニックのいとこ。
ルーカス・テオトカス……ニックの親友。
ダミアノス…………………ニックのボディガード。

1

「おまえは母親と同じやり方で人生を台なしにしたんだぞ」スピロス・マノリスは非難がましい口調で言った。

オリンピアは海の色を思わせる翡翠(ひすい)色の目を伏せたまま、ギリシア人の祖父の言葉を噛(か)みしめた。ひどい気分だったが、ここへ来たのはどうしても祖父に懇願しなければならないことがあるからだ。怒りをぶちまけることで少しは祖父の気が晴れ、母の窮状にもっと同情してくれるなら、どんなひどいののしりにも耐えてみせる。

七十歳を超えてもいまだに頑健そのものの祖父は、ロンドンのホテルの豪勢なスイートルームの居間を歩きまわっていた。しわの刻まれた顔は険悪な表情を浮かべている。「自分のことを考えろ。二十七にもなってまだ嫁にも行っていないとは。亭主もいなければ、子供もいない。十年前、わしはおまえを家に入れようとしたし、おまえのためにできるかぎりのことをするつもりだった……」

祖父はそこで息を整えようと間を置いた。次に何が来るか、オリンピアにはわかりすぎるほどわかっていた。三つ編みにした赤褐色の髪が彼女の顔色をいっそう青白く見せている。

「わしの情けにおまえはどう応えた？」当時を思い出してスピロスは怒りをつのらせた。「おまえは一家の名に泥を塗った。わしに恥をかかせ、自分の評判を台なしにしたあげく、コザキス家に許されない屈辱を与え……」

「そうよ」オリンピアは必死だった。もし祖父を落ち着かせ、母についての懇願を聞いてもらえるなら、殺人の罪を犯したと認めてもかまわない。それほどの覚悟だった。

「わしがとりもってやったまたとない縁談を……おまえだってニコス・コザキスと結婚できるというので大喜びだったじゃないか。婚約指輪をもらったときは泣いていたくせに」

　オリンピアは歯を食いしばり、必死に自分を抑えた。屈辱に耐えていると体が熱くなる。

「それなのに、おまえはふしだらなまねをして、すべてをふいにした。わしに恥をかかせ、自分も恥をさらして……」

「十年も前のことよ」

「忘れられるほど時間がたったわけじゃない」祖父は大声で言い返した。「わしに会いたいという手紙に応じたのも、おまえの言い分を聞きたいと思ったからこそだ。しかし、この先経済的に援助する気がないことだけははっきり言っておくからな」

　オリンピアは顔を赤らめた。「わたしは援助を受けようとは思っていないわ。でもお母さんが、あなたの娘が――」

スピロスはそれ以上言わせなかった。「わしのばかな娘がギリシアの伝統にのっとっておまえを慎み深い女に育てていたら、わしも恥をかかされることはなかったろうに」

祖父の頭ごなしの言葉にオリンピアは気がめいった。お母さんはなんの関係もないのに、わたしのせいでまだ責任を負わされている。

「お願いだから、わたしの話を聞いて」

スピロスは大股に窓辺へ近づいていった。「家に帰って、おまえのしたことでおまえたち母娘(おやこ)がどれほどのものを失う羽目になったか、よく考えてみるがいい。あのときニコス――ニック・コザキスと結婚していたら……」

話し合いはこれまでだと祖父は宣言しているのだ。オリンピアの自制心は吹き飛んだ。

「きっとあの人を骨抜きにしていたわ！」

祖父の眉がつりあがった。

オリンピアは赤くなった。「ごめんなさい」

「少なくともニックは、男性と話すときは控えめにするよう教えてくれたはずだがな！」

オリンピアは息を吸いこんだ。祖父は激怒している。彼女は火に油をそそいだ格好だった。もっと自分の罪を深く悔いた態度を表し、婚約破棄の話に及んだときは後悔に打ちひしがれ、お詫(わ)びしますと言わなければいけなかったのだ。

スピロス・マノリスは手を上げて話し合いの終わりを告げた。「おまえがわしの許しを得るには、ニックと結婚するしかない」

オリンピアは激しい失望感に襲われた。「ついでにエベレストにも登ってこいと言ったら？」

「自分の状況がのみこめたらしいな」祖父が冷ややかに言った。

しかしオリンピアの頭には今、ある思いしかなかった。「もし彼と結婚したとして、それでもまだわたしにはマノリス帝国を継承する資格があるの？」

「いったい何が言いたいんだ。結婚だと？　ニコス・コザキスにおまえは信じられないほどの侮辱を与えたんだぞ。彼のような男なら妻としてどんな女性でも選べたのに」

「十年前に彼を釣る餌になったわたしの持参金ほど準備できた女性はそんなにいなかったはずよ」

大胆な発言に、スピロス・マノリスはぎょっとした。「おまえには恥というものがないのか？」

「あなたに追いだされて以来、幻想や慎み深さとは無縁になったわ」彼の孫娘は簡潔に言った。「さっきの質問にまだ答えてもらってないんだけど」

「あんなばかげた質問になんの意味がある？」老人はいらだちをあらわにした。

「とにかく答えて」

「おまえの結婚式の日に、マノリス産業の経営権をニックに引き継ぐ書類にサインするつもりだった。もしそれができるなら、今だって喜んでそうするつもりだ。わしのたったひとつの望みは、生涯かけて築いた事業を能力のある人間に引き継いでもらうことだ。きいたかいがあったか？」

オリンピアは唇を引き結んだ。事業の世界で自分の名を残すことは、祖父にとって家族のきずなとは比べものにならないほど大事な意味を持つのだ。だが、それはオリンピアの母が望んでいることではなかった。イリーニ・マノリスは疎遠になっている父親と仲直りしたいと思っているかもしれないが、そっぽを向いた父を決して非難することはなかった。しかしながら、オリンピアの絶望はつのるばかりだった。祖父は頑固だ。今日面会に応じたのも、単なる好奇心からにすぎない。だとしたら、歓迎されていない場にこれ以上とどまる必要があるだろうか？

肩をいからせて戸口のほうへ歩きだしたオリンピアは、最後にもう一度だけ試みを図った。「お母さんの具合が悪くて――」

祖父が怒りのこもったギリシア語でさえぎるように何かうめいた。これ以上聞きたくないという意思表示だ。

オリンピアの瞳が宝石のような光を放った。「もしお母さんが今みたいに貧乏でみじめな状態のまま死んだとしたら、おじいさんはお墓に入っても良心がとがめて苦しむでしょうね。そうなるにふさわしいことをしているのよ！」

スピロス・マノリスは無表情な黒い目で孫娘をまじまじと見た。それからさっと背中を向け、肩をそびやかした。

祖父のスイートルームを出たオリンピアは、エレベーターに乗り、ロビーを抜けてホテルの外に出た。こうなったらもう、頭がおかしくなったと言われても、ニック・コザキスを誘拐するしかないのだろうか。もしお金があったら、その道のプロを雇い、リムジンを襲わせて彼を誘拐したい。暗い地下牢に彼を閉じこめて、じわじわと苦しめてやりたい。とにかくわたしは彼を憎んでいる。心から、心の底から彼が憎い。

当時すでに人もうらやむほど裕福な環境にありながら、欲望のとどまるところを知らない十九歳のニックは、ふっくらした平凡な娘と婚約した。彼女が将来マノリス産業を継ぐ身分にあったからだ。ニック・コザキスはオリンピアのプライドを泥まみれにしただけでなく、心をずたずたにし、スピロス・マノリスが孫やその母を絶対に許さないとわかった時点で見かぎったのだ。

だけど、母も不運な星のもとに生まれたのかもしれない。底のすり減ったはき古した靴で歩道の固さを感じながら、オリンピアは家路をたどった。成人するまで母のイリーニは富と特権に恵まれ、申し分ない生活を享受していた。だが、二十一歳のときに決定的なミスを犯した。あるイギリス人と恋に落ちたのだ。親の強硬な反対にあったイリーニは、恋人とともにロンドンに駆け落ちした。しかし相手の男性は二人が結婚する前日、オートバイの衝突事故で命を絶たれた。

イリーニが妊娠に気づいたのは、その直後だった。もうもとの生活に戻ることはできなかった。未婚の母という未来が待ち受けていたのだ。どんな肉体労働でも仕事があるならしようという精神力だけを唯一のよりどころにして、イリーニは独力でオリンピアを育てた。オリンピアが覚えている母の顔はいつも青白く、疲れきっていた。イリーニ・マノリスは決して丈夫なほうではなく、長年にわたって体を酷使してきたせいで、心臓にも負担をかける結果となった。

成人したオリンピアが働きはじめてからは、少しだけ事態が好転した。今振り返ればつらい思い出だが、母娘にとっては宮殿にも思える小さなフラットの一室で暮らした数年間は幸せだった。ところが、一年半前、オリンピアが受付係として働いていた会社が倒産し、そのあとは臨時の仕事しか見つからず、ここ数カ月はそれすら少なくなっている。借りていたフラットは引っ越さざるをえなかったし、オリンピアが汗水流して蓄えたわずかな金は、たちまち底をついた。

市議会の決定で、母娘はスラム地区にあるひどい施設に住まいを与えられた。母はあたりにたむろする非行少年たちを怖がり、部屋から一歩も出ようとしない。オリンピアは敬愛する母がこれまでになくやつれ弱っていく様子を目のあたりにしていた。元気を装って懸命にほほ笑みを浮かべる母を見るのは、なんともやりきれない。母は今では人生そのものに見切りをつけたかのようだ。

刻一刻と死に向かっている母が最近口にするのは、遠い昔の思い出だけだ。衰弱したイリーニには、悲惨な現実を直視する気力も残っていない。荒れはてた部屋で、暖房も、電話も、テレビもなく、騒々しく恐怖さえ感じる環境のなかで暮らしている。こんな生活から抜けだせる望みは、これっぽっちもなかった。

もし十年前にオリンピアが運命の水晶玉から幸運を授かっていたら……あんなことさえなければ！　あのときに戻れたら、それでもわたしは同じ決心をするだろうか？　祖父の期待にそむいた罪の意識と後悔の念が胸をよぎる。わたしは億万長者と結婚することもできたのに。母の健康がこんなふうになる前に楽な暮らしをさせてあげられたのに。だが、苦い現実に立ち返ると、十七歳のときに運命の水晶玉が与えてくれた幸運とは、母のために怪物と結婚することだったのだとわかる。

だから何？　ニックが三メートルも離れていないところでイタリア人の美人モデルといちゃついていたのが、なんだっていうの？

ニックがいとこのカテリーナに、〝オリンピアは太っていて、頭が悪くて、魅力もないけど、持参金だけはすごいんだ〟と打ち明けたから、どうだっていうの？

結婚してみたらニックが浮気ばかりする傲慢でろくでなしの夫だったかもしれないとし

て、それがなんなの？

あのひどい事件の翌朝、ニックが面と向かってなんのためらいもなく〝浮気女！　ニック・コザキスが、ほかの男のおさがりと結婚すると思うのか〟と叫んだからって、それが何？

屈辱的な思い出に悩まされながら、オリンピアはふらふらとショーウインドーに近づいていった。現在ニックがロンドンにいるのは知っている。祖父が来ているのも同じ理由からだ。イギリスのビジネスに関心を持つギリシアの大物実業家たちの会議があると、新聞に書かれていた。祖父と違い、ニックは金融街シティに巨大な本社ビルを構えている。この時間ならきっと会社にいるはず……。

今のわたしには失うものは何もない。彼はいまだに独身だ。こと金に関するかぎり、祖父は冗談を言わない。さっきの発言は本気だ。わたしがニックと結婚することになれば、喜んで何百万ポンドでも出すだろう。人の気持ちなどおかまいなし。要するに、結婚で二つの企業が結びつけばいいのだ。わたしにまだマノリス産業という持参金がついているとなれば、いくら浮気女とののしられようと、それを頼りに賭（かけ）に出る手はある。

まさかわたし、頭がおかしくなったの？　いいえ、わたしは母から多大な恩を受けている。母はわたしを産み、成人するまで育ててくれた。そのお返しを母は何か受けとっただろうか？

オリンピアは店のウインドーに映っている自分の姿に目をやった。身長百六十五センチ、古ぼけた灰色のスカートと上着を着た女。どれほど厳しいダイエットをしようと、これ以上細くなったことはない。それでも体の線は、われながら恥ずかしくなるほど魅力的だ。このすばらしいスタイルは父からの遺伝にちがいない。母はほっそりした痩せ型だから。そう、わたしには体重と同じくらいの金塊の値打ちがあるのだ。もしニックが評判どおり、ありあまる資産を増やすことに飽くなき意欲を燃やしているとしたら……。

ニックは大事業にとりかかっていた。

よほどの非常事態でなければ、会議の邪魔になる電話はとり次がないよう命じてあった。だから部屋のドアがためらいがちにノックされたとき、黒い眉をひそめ、腹立たしげに顔を上げた。イギリス人の男性個人秘書、ゲリーが急いで戸口まで行き、ひそひそ声の会話が交わされた。

上司のそばに戻ってきたゲリーが言った。「申し訳ありません。若いご婦人が至急お目にかかりたいとのことです」

「断ってくれ。女性と会う予定などないはずだ」ニックはぴしゃりと言った。

「彼女はスピロス・マノリスのお孫さんで、オリンピアと名乗っているそうです。ただ、受付の者は多少不審に思っています。どうも様子が社長のお知り合いには似つかわしくないようで」

オリンピア・マノリスが会いに来た？　ニックは信じられない思いで顔をしかめた。オリンピア・マノリスだって？　意識の底にひそんでいた、いまだに薄れることのない怒りが頭をもたげる。あの浮気女がどうしてぼくのオフィスに乗りこんで、ずうずうしくも面会を申しこむんだ。ニックはいきなり立ちあがった。居合わせたスタッフがみな驚いて飛びあがり、そのなかの不運なひとりはファイルをばらばらと床に落とした。

ニックは獲物を探す豹のように音もたてず背の高い窓に近寄り、窓辺にたたずんだ。スピロスは絶対に孫を許さないと誓った。一度口にしたことは決して曲げない人物だ。できの悪い孫娘の恥知らずな行状で、スピロスがどれほど苦痛を味わったか知っているだけに、ニックは彼に同情もしていた。たったひとりの息子はヨットレースで死に、娘は未婚の母になった。あの一族には悪い血が流れている。ニックの父がそう言ったのには、期待の息子がマノリス家とのかかわりを危うく逃れたという意味がこめられていたのだ。

しかし自分の婚約者が酔っ払った友人と、こともあろうに自分の車に忍びこみ、関係を持ったという恥ずべき出来事を思い出すと、ニックはいまだにはらわたが煮えくり返る。あれは胸が悪くなるような、不快きわまりない事件だった。

沈黙が広がり、室内の緊張は耐えがたいほどに高まった。スタッフはそわそわと目配せしあっている。上司の返事を待っていたゲリー・マースデンが、おそるおそる口を開いた。

「あの……」

ニックはくるりと振り返った。「待たせておけ」

個人秘書はなんとか驚きを隠した。「それで、何時にお会いになると伝えましょうか?」

「時間などない」ニックはらんらんと目を光らせている。「待たせておけばいいさ」

時間が経過してランチタイムになり、そして午後も遅い時間になった。大勢の人が受付のそばを通り、オリンピアに不審なまなざしを投げていく。

そんな人たちを無視するように頭を高く掲げていたせいでオリンピアは首が痛かったが、もうあとには引けないと自分に言い聞かせた。ニックは部屋に案内するようにとり計らってくれなかった。単に会うのを拒否しなかっただけだ。もし本当に忙しいのなら、いかなる好意も期待はできない。あの傲慢で頑固なニック・コザキスが会ってくれるとしたら、好奇心のたまものとしか思えない。彼もやはり人間だったということになる。

絶体絶命に追いこまれると、人は何か打つ手を思いつく。ニック・コザキスは文字どおりオリンピアの最後の頼みの綱だった。プライドなど関係ない。母はプライドを捨て、他人の家の床磨きをしながらわたしを育ててくれたのだから。

五時前に受付係がデスクから立ちあがった。「ミス・マノリス、ミスター・コザキスはもうお帰りになりました」

オリンピアは青ざめ、それから肩をそびやかして立ちあがった。エレベーターに乗り、外に通じるフロアに下りる。明日もまたここに来て粘ろう。こんな手を使われたからといって、簡単に引きさがるつもりはない。そうはいっても、彼女は固い煉瓦の壁に突きあたったような気分で、明らかに動揺していた。

家の近くの停留所でバスを降りるころには、自分の読みが甘かったのを認めざるをえなかった。ニックはすでに、オリンピアがかつて夢中になっていた十九歳の若者ではない。あのころの彼は短気で、自制心などかけらもなかった。敬愛する両親の長男として育ち、退屈だが金持ちの子弟が集まる社交界では生まれながらのリーダー格だった。

そして彼はまれに見る美しい容貌の持ち主だったから、周囲の友人にしてみれば、平凡な顔立ちをした太めで魅力のない娘と婚約する羽目になったのは、犯罪にも等しいと思えたにちがいない。

しかし今のニックは、完全に成長した大人の男性だ。男性の立場について、ギリシア人はほかの国民とはちょっと違う考え方をする。オリンピアの祖父と同様、男性は自分の行動を正当化する必要はないと思っているのだ。彼は面会するつもりがないと遠回しに伝えることさえせず、わたしを待たせて、期待をいだかせた。残酷なやり方だが、それくらいは予期しておくべきだった。

二人暮らしの部屋に帰り着いたオリンピアを、料理のいいにおいが迎えてくれた。小さなキッチンから痩せ細った母が振り返り、弱々しいほほ笑みを浮かべた。やつれた顔を見て、オリンピアは胸をつかれた。

「ママ、料理はわたしにまかせるって約束したはずよ」

「あなたは一日中職探しをしているんですもの。わたしにはこれくらいしかできないんだし」

その夜ベッドに潜りこんだオリンピアは、職探しをしていると母に思わせた罪の意識にさいなまれた。でも、今日一日本当は何をしていたか、どう話せばいいだろう？　娘がひそかに祖父に会いに行ったと知っても、母は困惑こそすれ、その結果に驚きはしないはずだ。だけど娘がニック・コザキスに面会を求めたと聞いたら、息が止まるかもしれない。そして彼に会ってどんな申し出をするつもりか説明したら、愕然とするだろう。

しかし十年前にアテネで何が起こったか、あの恐ろしい事実を教えたとしたら、母はさらにひどい衝撃を受けるにちがいない。オリンピアはそれに関してひと言も話さなかった。彼女はその事実に関する意識でいまだに苦しんでいる。それなら母に無用な心配をさせないよう、沈黙を通さなければ……。

翌朝九時三分、オリンピアはコザキス・ビルディング最上階のロビーに現れた。

彼女は前日と同じくニックへの面会を求めた。受付係は目を合わせようとしなかった。

オリンピアは、今日こそニックがかんしゃくを起こして、自分を建物から追いだすのではないかと思った。

九時十分、ゲリー・マースデンは、いつものように八時から出社していたニックに近づいた。「今日もミス・マノリスがお見えになりました」

ギリシアの大物実業家はかすかに緊張したが、無言だった。

「テンコ社のファイルはあるか?」やがてニックは、何事もなかったかのように若き男性秘書に問いかけた。

日が暮れようとしていた。静かに屈辱に耐える態度をとりつづければ、ニックも五分くらい面会時間をくれるのではとオリンピアは祈っていた。だが最後には受付係がそばに来て、申し訳なさそうにミスター・コザキスはお帰りですと告げた。オリンピアはわめき散らしたいほどの怒りにかられた。


三日目、エレベーターから最上階に足を踏みだしたオリンピアは、自分が人々の注目を集めているのを意識せずにはいられなかった。

本当は家から魔法瓶とサンドイッチでも持ってきたかったのだが、母に不審をいだかせたり心配させるのがいやであきらめたのだ。

だが正午になったころ、オリンピアがすばらしく豪華な洗面所から戻ってみると、カップに入った紅茶とスコーンが三つ待ち受けていた。彼女の緊張した表情がやわらいだ。受付係が共謀者めいた目配せを送ってよこした。これまでにもう社内の主立った人たちは、オリンピアを見るためにロビーを通っていったにちがいない。初日に感じた厄介者を見るような視線は、同情を示すものに変わってきたようだ。それが何かの役に立つとは思えない。なぜなら、ニックの部屋にはロビーを通らない出口があるわけだから。

午後三時、オリンピアの忍耐力はついに限界に達し、絶望感に押しつぶされそうになった。ニックはもうすぐギリシアに帰ってしまう。そうなったらますます手が届かなくなる。彼女はすばやく立ちあがった。今まで障害物のようにみなしていた受付デスクの前を通り、ニックの私室に通じているにちがいない広い廊下をどんどん歩いていく。

「ミス・マノリス、そっちへ行かないでください」受付の娘が仰天して叫んでいる。

もう何をしようとわたしは負け犬だわ。オリンピアは捨て鉢な気持ちになっていた。ニックとの対決を迫ったりして、ばかとしか思えない。ギリシア人の男性が女性に挑戦されて喜ぶはずがないのに。

廊下の突きあたりのドアに向かっていたオリンピアは、背後から頑強な手に腕をつかまれ、動けなくなった。

「申し訳ありません、ミス・マノリス。ボスのお許しがなければ、どなたもお入れするわけにはいきませんので」声にギリシア訛(なまり)がある。

「ダミアノス」十年たっても、その重々しい声の主をオリンピアは覚えていた。彼女は敗北を悟り、肩を落とした。ニックのボディガード、ダミアノスは戦車のような体格をしている。「ねえ、ちょっとだけでいいから、よそ見していてくれない？」

「おじいさまのためにもお帰りになってください。お願いします。そうでないと、生きたまま食われますよ」

自分をつかんでいた手の力がゆるんだとき、オリンピアは身震いした。だが彼女を単なる侵入者として扱うのにためらいを感じたのは、ダミアノスの失敗だった。オリンピアはすかさず彼の手から抜けだし、最後の十五、六メートルを突っ走ってドアの奥の部屋に飛びこんだ。

デスクの向こうで、突然の出来事に驚いたニックが立ちあがった。

オリンピアにはわかっていた。ダミアノスに連れだされるまでのこの貴重な一瞬を無駄にしてはならない。何か効果的な言葉はないかしら。彼女は吐き捨てるように言った。

「女ひとりに会う勇気もないなんて、あなたそれでも男なの？」

2

オリンピアの背後からダミアノスはニックの顔色を読み、自分に退去を命じるために雇主がかすかに首を振るのを見ないようにした。

息をはずませ、すぐにも引きずりだされることを予期しながら、十年ぶりにニック・コザキスと向かいあったオリンピアの体を衝撃が駆け抜けた。彼はさらに背が伸び、肩幅も広くなっている。そもそも昔から背が高く、体格もよかった。身長はゆうに百八十センチを超え、親戚(しんせき)や友達のなかでも群を抜いていた。今の彼は石像のようにそびえ、畏怖(いふ)の念を感じさせるほどだ。

彼の激しい怒りは手にとるように伝わってきた。その怒りが、重苦しい沈黙のなか、津波となって押し寄せてくる。〝それでも男なの？〟ギリシア人の男性なら怒り狂っても当然な、人をばかにした言葉だ。オリンピアは彼の自制心に驚嘆し、わが身を振り返ってたじろいだ。もしわたしが男性だったら、今ごろは壁にめりこむほどたたきつけられていただろう。

「ごめんなさい」オリンピアは心にもないことを口にした。

「ダミアノス……」ニックがつぶやいた。

ついにオリンピアの背後でドアが閉まった。

彼女はニックをまじまじと見つめた。見ずにはいられなかった。そして強烈な印象に、思わず一歩あとずさった。胃のあたりがむずむずし、汗が噴きだしてくる。彼女は一瞬のうちに彼のすべてを見てとった。うっとりするほどの美貌、全身から放たれるセクシーなオーラ、対照的にかっちり仕立てられた地味なダークスーツ。すべてが大人の男性のもので、昔を偲ばせるのは、愚かな娘心をとりこにした美しい顔だけだ。そしてこの目。ジャガーを思わせる金色に輝く琥珀色の目が、引きしまった顔に強烈な印象を与えている。

「どうして自分で自分を辱めるようなまねをするんだ？」ニックがゆっくりと物憂げに言った。

「辱めてなんかいないわ」

「そうかな？　きみのおじいさんに敬意を感じていればこそ、最初の日にきみを力ずくで追いだすのはやめたのに」ニックの口調は変わらなかった。

のろのろした物言いに怒りは感じられなかったが、それでもオリンピアの緊張した体に震えが走り、頭にかっと血が上った。彼女は肩をそびやかし、もう一度ニックと目を合わせた。「あなたに提案があるの」

「提案なんか聞く気はない」ニックはそっけなくはねつけた。

しかし冷ややかな返事とは裏腹に、熱っぽい空気がみなぎった。オリンピアは腕に鳥肌が立つのを感じた。

「よくもずうずうしくぼくの前に顔を出せたものだな」ニックの憎悪がいきなりむきだしになった。

「平気よ、やましいことはないもの」オリンピアは昂然と頭を上げ、挑戦的に言った。

「浮気女」

それはあまりにも事実とかけ離れた言葉だったので、オリンピアはなんら動揺しなかったが、十年も昔のことを彼がいまだに非難せずにはいられないのが驚きだった。彼女が首尾よくニックの婚約者になったことより、彼女の明らかな不貞行為のほうがニックにとっては印象的だったようだ。その皮肉がなんともおかしい。

オリンピアは寂しげな笑い声をもらした。「なんとでも呼んでちょうだい。でもわたしがここに来たのは、純粋にビジネスの話をするためよ」

「スピロス・マノリスがきみに使いを頼むはずがない」

「それでも……今回は特別なの。こんな露骨な話を直接持ちこめるのはわたしだけだもの。お願いだから、十年前のことは忘れて、話を聞いてもらえないかしら」

「断る」

オリンピアは心底驚いた。「どうして?」

彼女を見つめるニックの目にますます猜疑心があらわになった。

くじけそうになる気持ちを励まし、オリンピアは大きく息を吸ってから言った。「祖父は今でもマノリス産業をあなたに引き継がせたいと思っているわ。いい、よく考えて。祖父は昔からそれを願っていたし、あなたのお父さまの望みは、あなたがマノリス産業の後継者の座を約束されることだった。わたしは二つの家族と企業が血縁関係になるための保証だったのよ。わたし自身にはなんの力もなくてもね」

「なんでそんなばかげた話を持ちだすんだ?」

「うわべをとりつくろうのはやめて、本音を話しましょうよ。いいでしょ?」

「いや、よくない。さっさと出ていってくれ」ニックは相変わらずそっけない。

「いいえ、出ていくつもりはないわ。あなたは十年かけて復讐を果たしたはずよ」

「なんの話だ?」

「もしわたしと結婚してくれたら、すべてをあなたに渡す書類にサインするわ」オリンピアは声を震わせた。

ニックがようやく関心を示しはじめたのがわかった。オリンピアに向けられた彼の鋭い目が、今までにない静かな光を放っている。

「ふつうの結婚をしたいわけじゃないの。祖父を満足させられればいいのよ。祖父はわたしと深くかかわるつもりはないから、あれこれ詮索はしないと思うわ。つまり、わたしはロンドンに住んで……生活費だけいただければいいの。その代わり、あなたはマノリス帝国の支配者になれるし、わたしにまつわりつかれる心配もないわ」

ニックの浅黒い顔が上気した。彼はうめくようにギリシア語で何か言った。

「ニック、わたしは真剣なのよ、わかって」

「どうして今さらそんな話を持ちこんできた？」

「わたし……」

ニックが一歩踏みだした。オリンピアはあとずさろうとしたが、彼の手が伸びてほっそりした腕を乱暴につかまれた。

「気でも違ったのか？　こんなことを言いに来るとは、頭がおかしくなったとしか思えない。なんでぼくがきみみたいに欲張りでふしだらな女と結婚すると思うんだ？」

「結婚とは思わず、仕事上の契約と考えてみて」彼につかまれてオリンピアは木の葉のように震えていたが、それでもまったく的はずれな侮辱に反応するのはやめようと思った。とにかくわたしは、彼が思っている裏切り行為はしていないのだから。

「駐車場に止めた車のなかで、ぼくの友達を相手にスカートをまくりあげるような女をふしだらと言って、どこが悪い？」

ニックがここまであからさまな表現をしたのは初めてだった。オリンピアは青ざめた。

「今となっては言っても仕方ないけど……わたし、そんなまねはしていないわ」

ニックは憎悪もあらわに彼女を突き放した。「証人もいたんだぞ。それなのに、よくも腹立たしい提案ができたものだ」

「どうして腹立たしいの？　もし過去の出来事にこだわらなければ、この提案が十年前に望んだとおりか、それ以上のものだってわかるはずよ。だって、あなたの妻だとか、一緒に暮らしたいとか、そんな主張はいっさいしていないんですもの」

「こんな話を持ちかけていると知ったら、スピロスはきみを死ぬほどぶちのめすだろうよ」

「ええ、たしかにこのやり方は気に入らないでしょうね。でも三日前に祖父が、許しを得るためにはあなたと結婚する以外ないと言ったの。だからわたしにはこれしか選択肢がないのよ」

「きみがその選択をしたのは、十年前に駐車場での出来事があったせいだ」

オリンピアは足元に視線を落とした。気持ちが沈んでいく。あのとき黙って引きさがっておきながら今になって身の潔白を主張するのでは、不信感を持たれても当然だ。当時は、沈黙こそある意味での復讐になると思って反論しなかったのだが。

力なくニックを見上げたオリンピアは、彼の視線が胸にそそがれているのに気づいて仰天した。ブラウスのボタンがはずれて胸のふくらみがあらわになっている。彼女は顔を赤らめ、どぎまぎしながらボタンをはめた。

「ぼくがもっと早くきみを抱いてしまえばよかったんだ。そうしていたら、きみだって誘われても駐車場に行かなかっただろう」

「今さらそんな話をしないで」彼の言葉と自分を見つめる態度はひどく不快だった。

「ぼくは自分のしたい話をするさ。きみはここで大演説をぶつ権利が自分だけにあると思っているのか？」

「そんなことはないけど」

「ぼくと結婚しようという提案がありがたく受け入れられると思っていたのか？」

「経営者としては利益になることだもの、ありがたく思ってもいいんじゃないかしら」

「きみは気づいていないようだが、危ない橋を渡っているんだぞ。なぜそこまで思いつめた？」

オリンピアの膝ががくがくしだした。ニックのなかで何か変化が起こったようだが、それが何かわからない。だけど彼の話し方はよどみなく、冷静で、まだ怒っているとは信じられない。きっと、何年も前にほんの少し自尊心を傷つけられただけでいつまでも腹を立てているのはばかばかしいと思ったのだろう。

「母の具合がよくないの――」

「頼むから、お涙ちょうだいはやめてくれ」ニックがそっけなくさえぎった。「ぼくがそんな話に乗るばかな男だと思っているのか？」

オリンピアは両わきで拳を握りしめ、彼の攻撃にそなえた。「きっとわたしは貧乏に耐えられなくなったのよ。でもそれがあなたと関係ある？」

「関係ないさ。これだけは言っておこう。きみはぼくが知るかぎり最高に度胸のある女性だ」

オリンピアの青ざめた顔にほんの少し血の気が戻った。

「よりによってこのぼくに結婚を申し出るとは、よほどせっぱ詰まっているんだろうな。よく考えてみるとするか」ニックの声が穏やかになった。

急に希望がわいてきて、オリンピアは頭がくらくらした。

「マノリス帝国を贈り物にするんだから、ぼくが申し出を断るはずがないと読んだわけか」ニックはさりげなくつけ加えた。

「あなたは祖父と同じビジネスマンだもの。この話に同意したら、失うものは何もない代わりに得るものは大きいはずよ」

「得るものは大きい、か」ニックは愉快そうにその言葉を繰り返した。目を伏せていながら、驚くほど注意深くオリンピアを観察しているのがわかる。

だけど、実際はわたしを見ているわけではない。この申し出でどんな力を持てるか、考えを巡らしているのだ。オリンピアはそう自分に言い聞かせながらも、耐えがたい緊張に体が熱くなるのを感じた。喉が締めつけられ、動悸が激しくなる。

彼女は正面から彼と向きあった。すると、何より恐れていた強烈な感情がこみあげてきて、打ちのめされた。昔ニックのそばで味わった気持ちはこれだった。おぼろげな記憶がよみがえる。彼と同じ部屋にいるだけで、電気が流れるような刺激を体に感じたものだ。でも今こんな反応が起こるのは、空腹とストレスと感情が高ぶっているだけのこと。だってわたしはもう彼に惹かれていないのだから。みじめな思いをしながら実現した彼との再会で、ショックを受けているせいだ。

「今後の連絡はどうすればいい？」ニックがきいた。

オリンピアははっとした。捨てたはずのプライドが戻ってきた。彼への申し出は自分の利益のためでなく、厳密にビジネスの話のはずだった。けれど、電話を引く余裕さえないなどとは絶対に言いたくない。どれほど貧しい暮らしをしているか知られるのは耐えがたい。まるで自分の落ち度のように思えるから。

「番号を教えるけど、わたしの電話じゃないの。用件だけ残して」

「なぜ電話番号を秘密にする？」

オリンピアは答えなかった。それを見て、ニックがメモ用紙とペンを渡した。彼女がそこに書いた番号は、フラットの向かいの部屋に住む中年の未亡人、ミセス・スコットのものだった。マノリス母娘が親しくしているのは彼女だけだ。

「じゃあ、帰るわ……」それ以外言うことがないのに気づいて、オリンピアはまた狼狽した。

ニックは軽く肩を上げ、無関心を表した。

彼が電話してくるなんてありえない。オリンピアは肩を落とし、豪華なオフィスを出てそっとドアを閉めた。廊下にはダミアノスが待っていた。こわばった顔に困惑の表情が浮かんでいる。

「生きたまま食べられずにすんだわ」オリンピアは、昔から好感を持っていたニックのボディガードにほほ笑んだ。

「ボスはそのうち……」ダミアノスが重々しい声でつぶやいた。「いや、わたしには関係ないことでした、ミス・マノリス」

オリンピアは受付のあるロビーまで戻り、ぐったりと椅子に腰を下ろした。体力をすべて使いはたした感じだ。これほどの疲労を感じたのは初めてだった。だが一分後には立ちあがり、頭を高く掲げてエレベーターのボタンを押した。するべきことはしたのだから、時間の無駄だったなんて愚痴を言うつもりはない。

フラットに着いたオリンピアは、自分の部屋に帰る前にミセス・スコットを訪ねた。もし電話が来たらできれば母に内緒でわたしにとり次いでほしいと、いかにも言いにくそうな顔で言うオリンピアに、未亡人は心得顔で笑った。

だが、三日たってもニックから電話はなかった。

ニックと会って一週間後、求職書類をポストに投函したオリンピアが家に戻ってきたとき、道路の向こうからミセス・スコットが手を振っているのに気づいた。

「電話が来たわよ」近づいていったオリンピアに、ミセス・スコットは興味津々の顔で告げた。

「電話？ ああ……」

「相手の人、名前は言わなかったの。ただ、今夜八時にオフィスへ来るよう伝えてくれですって」

オリンピアは大きく息を吸った。その短い伝言だけでは何もわからない。もしかしたらニックは、申し出をきっぱりはねつけて、わたしがもだえ苦しむのを眺めたいだけかもしれない。「ありがとう」オリンピアはミセス・スコットと視線を合わせるのを避けた。

「就職の面接？」

「似たようなものです」

「さしでがましいようだけど、わたし、本当はつやっぽい電話を期待していたのよ。あなたにはもっと刺激が必要だわ」

思ってもいなかった意見に、オリンピアは驚いて顔を上げた。

「今夜あなたが出かけているあいだ、お母さんと一緒にいてあげるわ。彼女、日が暮れるとひとりになりたくないみたいだから」ミセス・スコットは嘆かわしげに話を締めくくった。

刺激が必要ですって。ニックのオフィスに赴くために紺色のロングスカートと上着に着替えているとき、オリンピアは隣人の言葉を思い出してぞっとした。十年前、わたしは子供っぽい夢をニックにたたきつぶされた。ああ、始まりは刺激的だった。それが一転してつらい傍観者の立場に置かれ、彼に忘れられてしまうほど魅力がないと思い知らされる羽目になった。

彼女は婚約者に見向きもされない存在だった。あの悲惨なギリシア旅行以後、容姿に関してまったく自信を持てなくなったのだ。

オリンピアの母は、父親のスピロスに毎年クリスマス・カードを送っていた。それには、亡くなった祖母の名前をもらったオリンピアの写真が必ず同封されていた。祖父はなんの返事もよこさなかったけれど、母のほうには自分たちの居場所をつねに知らせておきたいという誠意があった。オリンピアが十六歳になったとき、驚いたことに祖父から初めて反応があった。母の唯一のきょうだい、アンドレアスの死を知らせる、たった三行のそっけない手紙だった。翌年の春届いた同じように短い手紙には、オリンピアをギリシアに招待すると書かれていた。

「でも、ママを呼ばないなんて……」オリンピアは母の気持ちを思い、深く傷ついた。

「いつか時機を見計らって呼ぶつもりなのよ」母は憤慨している娘を安心させようとほほ笑んだ。「父さんがあなたに会いたがっているなんて、それだけでうれしいわ」

オリンピアは行きたくなかったが、その招待が母にとって大きな意味を持つことは理解できた。祖父がどんなに裕福かという話は母からたびたび聞かされていたが、オリンピアには、母が昔享受していた贅沢な暮らしなどまるで興味がなかった。それも、空港に迎えに来たお抱え運転手にリムジンで運ばれるまでだった。アテネ郊外にある屋敷のあまりの豪華さに、オリンピアは度肝を抜かれた。

初対面の祖父が、ほんの数語しかギリシア語を話せない孫娘に失望したのは見てとれた。スピロスのほうは流暢に英語を話したが、オリンピアは血のつながりをまったく感じなかった。祖父は頑固で気難しく、母の話をするのを固く禁じた。実際祖父の家に到着して数時間もたたないうちに、オリンピアは今すぐ母のもとに帰りたいと思った。

次の日、スピロスは仕事上の知人の妻に付き添いを頼み、オリンピアを買い物に送りだした。

「気前のいいおじいさまがいらして、お幸せね」そんな言葉が投げかけられた。

祖父は孫の身なりが恥ずかしくて買い物に行かせたのだろうとオリンピアは思っていたが、口に出しては何も言わなかった。高価な衣類を山ほど買いこむのは楽しく、選ばれるのが地味なものばかりでも気にならなかった。スカートはどれも膝下で、襟ぐりは首から五センチ以内だった。慎ましやかな印象をかもしだすために自分がこぢんまりとまとめられているなどとは考えもしなかった。

　翌日、祖父から昼過ぎに客が数人やってくると告げられた。オリンピアに同じ年ごろの友達を作るために企画された招待だった。どの服を着るべきか悩んでいると、寝室のドアにノックの音がした。大きな茶色の目をした黒髪の美人が、親しげなほほ笑みを浮かべて入ってきた。

「わたしはカテリーナ・パラス。きのう、あなたと買い物に行ったのはわたしの叔母なの」

　叔母が感じのいい人だったので、オリンピアはすぐにカテリーナに心を開いた。そして何を着てどうふるまえばいいか、洗練されたカテリーナの助言をありがたく受け入れた。カテリーナは、たっぷりしたギャザースカートや横縞の水着がかなり豊かなオリンピアの曲線を台なしにしてしまうなどとはこれっぽっちもにおわせなかった。感じがいいと思ったカテリーナの叔母がその夏選んでくれたファッションは、オリンピアにまったく似合わないものばかりだった。

　ギリシアで過ごした夏を思い出し、オリンピアはぞっとした。わたしはなんて無邪気にも人を全面的に信頼していたのだろう。まわりにいるのは作り笑いを浮かべた狼ばかりだったのに。さしだされた友情は心からのものだと信じ、すべてをうわべどおりに受けとっていた。祖父が自分を後継者にしようと考えていたともつゆ知らず。自分とニック・コザキスの結婚が彼と会うずっと以前に話しあわれていたのも知らなかったし、二人の結婚がある人たちにとって脅威となり、嫉妬心を引き起こすことになろうとは、夢にも思わなかった。

その夜八時前にコザキス・ビルディングに着いたオリンピアは、警備員の許可を得てなかに入った。エレベーターに乗り、人けのないロビーをニックのオフィス目指して進む。心臓が口から飛びだしそうなほど高鳴っている。彼女はおぼつかない手でノックしてドアを開けた。

明かりはデスクのライトだけだった。暗がりのなかにいたニックが姿を現した。上等な銀灰色のスーツを着た彼は、最高に優雅に見える。

「礼儀正しく時間厳守でお出ましだな」

オリンピアの顔がさっと紅潮した。一週間前は話を聞いてもらうことに必死なあまり、大胆な行動に出て彼を驚かせたが、今夜は返事を聞きに来た身分だ。自分同様、ニックもその違いははっきりわかっているはず。主導権は彼にある。

「何か飲むかい？」

オリンピアはうなずいた。

「何がいい?」

「オレンジジュースか……なんでもいいわ」

キャビネットに向かうニックの足どりはしなやかだった。昔、彼と一緒にいると自分がとても不格好に思えた記憶がよみがえる。あれは神経過敏のせいなのか、それとも興奮しすぎだったのか? 今は不安でたまらず、膝ががくがくしている。

「きみはいつでもぼくを見つめるのが好きだった」ニックがクリスタルのグラスをさしだした。「まるで小さな梟みたいだった。見つめているのを見つかると、真っ赤になって目をそらしたものだ」

まさにそのとおりだ。事実を指摘されてしらばっくれることもできず、オリンピアは肩をすくめるしかなかった。「昔の話よ」

ニックは落ち着き払った態度でデスクの端に腰かけ、彼女に向かってグラスを掲げた。

「きみはすばらしかった。バージンなのは間違いないとぼくは確信していた」

オリンピアは急に体が熱くなるのを感じてどぎまぎした。今夜どんな用件で呼びつけられたのか予想もつかなかったが、こんなふうに冷静に遠い夏の日に話が及ぶとは思わなかった。

「そこで、ビジネスの話をする前に、ひとつききたいことがある。答えにくい質問だとは思うが」

「それなら質問しないで」

「いや、きみには正直に答える義務がある。嘘をついても、きみのためにならないよ。ぼくの気に入るような答えをでっちあげるのはなしだ。そんなことをしたら、後悔する羽目におちいるだけだからね」

口のなかがからからだったので、オリンピアはオレンジジュースを飲もうとした。手が震え、グラスが歯にあたって音をたてる。

「あの夜クラブで、きみはぼくがほかの女性と一緒にいるのを見たんじゃないのか？ ああ、こんな古い話を持ちだしてきみを困らせようとしていると思わないでほしい」

「わたしを困らせる必要なんかないでしょう」

「だったら単刀直入にきこう、ぼくがいまだに疑問に思っていることを。きみがルーカスと一緒にぼくの車に乗ったのは、酔っ払っていたのと、いやな光景を見て不愉快になったせいなのか、ルーカスが落ちこんだきみを利用して誘いをかけたのか？ それとも……」

じっとライトを見つめていたオリンピアは、怒りと後悔と憎悪にさいなまれた。彼の傲慢な顔に残りのジュースを浴びせかけて、ひっぱたいてやりたい。十年ものあいだ、彼女は無実にもかかわらず有罪と宣告されたままだった。あの夜から彼に味わわされた苦悩をなぜ認める必要があるだろう？ 正直に答えてなぜこれ以上侮辱されなければならないの？　今さらどうしてこんな質問をするのだろうか？

「それとも、なんなの？」

「それとも……きみが彼と一緒に車に乗りこんだのは、姿を見られずに帰ろうと思ったからなのか、あるいは――」

「一緒に車に乗りこんだのは、死ぬほど彼が好きだったからよ！」オリンピアはいきなり爆発した。あざけるように探りを入れてくる彼のやり方に堪忍袋の緒が切れた。彼女の翡翠色の目は憎悪でぎらぎらしている。「あなたはわたしをおもちゃにして楽しんでいるのね！　わたしの提案を断るつもりなんでしょう、もちろんそうに決まってるわ。ああ、どうして今夜ここに来ようと思ったのか、自分でもわからなくなったわ」

「必死だったからさ」ニックはなだめるように静かな声で指摘した。

「ねえ、どうしてひと言〝断る〟と言わないの？」オリンピアにはもう見えも何もなく、子供じみた言い方も気にならなかった。ニックはわたしを挑発して面白がっている。

ニックはおもむろに立ちあがった。「そんなにかっかすることはないだろう。そのだぶだぶの上着を脱いで座ったらどうだい？」

オリンピアの顔はさらにほてってった。体も燃えるように熱くなっていたが、上着は脱がずに腕を組んだ。

ニックが急に笑いだしたのを見て、彼女のいらだちはいっそうつのった。

「何がそんなにおかしいの？」

「きみはいつでも物静かだったからさ。実際は全然違うのに、ぼくはきみのおとなしいところが気に入っていた。でも本当のオリンピア・マノリスがどんな人かわかりかけてきたよ。すぐかっとなるし、頑固で、自殺まがいのむちゃをする」

「今の状況はふつうじゃないもの。勝手にわたしのことがわかったなんて決めないで……何も知らないくせに」

「そのみっともない上着を脱がないつもりなら、ぼくがはぎとるぞ」彼の口調は穏やかだった。

オリンピアは仰天して一歩あとずさった。自分のほうこそ、今の今までニック・コザキスの真の姿を知らなかったようだ。彼が目を光らせ上着を受けとろうと手を伸ばすのを見たとき、これ以上言い合いをしても仕方がないと悟った。彼女は口を引き結んで上着を脱ぎ、彼に向かって投げつけた。「あなたは威張り散らすのが好きなのよね。覚えておくべきだったわ」

ニックは彼女の言葉を無視して、近くの椅子に上着をほうった。「さあ、座って。ぼくのほうから出す結婚の条件を聞くんだ」

オリンピアは目をみはり、凍りついた。

「そうだ……。あとひと息できみの望みはかなう。しかし、代償もなしに望みをかなえようとするのはどうかな」

「代償って……？」彼はわたしの提案を真剣に考えているのだ。オリンピアはあわてて手近な椅子に腰を下ろした。

「欲しいものを手に入れるためには代償が伴う、ということはわかっているかな？」ニックは甘く優しい声でささやいた。

突然、オリンピアは集中力をなくした。目をそらしているつもりだったのに、琥珀色の目とまともに視線が合った。高いところから落ちていくときのような気分だ。息が止まりそうになる。ああ、どうしよう。走ったあとのように動悸が激しい。

「オリンピア……？」

彼女は腕を組み、ためらいがちに頭を上げた。ニックが少し離れた窓のそばに立っている。彼は結婚するつもりなんだわ。もう大丈夫。

「きみがショックを受けるとは……意外だったな。先週ここに来たときは、ぼくが結婚を承知するだろうと自信たっぷりに見えたのに」

「あなたの態度で自信がなくなったのよ」

「そっちの提案はすべて聞いたと考えていいんだね。ぼくが交渉に応じるからには、厳しい条件を覚悟していないだろうね」

「わたしが予想していない話があるのなら言って」

「ぼくが出す条件をのまなければならないし、交渉の余地はまったくない」

「条件があるならさっさと言ってよ」

「婚前契約書にサインしてくれ」

「もちろんよ」

「それから結婚式の日にすべてをぼくにまかせるという同意書にもサインが必要だ」

「わたしにも少しは――」

「すべてだ。金はぼくからきみに渡す」

「でもそれじゃ――」

「ぼくを信じていればいいんだ」

「わたし、母のために家を買いたいの」

「きみのお母さんがつらい目にあうのを見過ごすはずがないだろう。結婚したら、お母さんは一生快適な生活を送れると約束するよ。ぼく自身の家族同様に考え、それなりのことはさせてもらう」

ニックの言葉は寛大という以上のものだった。母に対して充分な敬意が感じられる。オリンピアは胸を打たれた。

「きみのおじいさんは七十四歳だ」ニックは彼女の気持ちを見抜いているように言った。

「世代がまるで違う。正式な結婚もしないできみが生まれたことは、おじいさんにとって大変な恥であり、悲しみの原因だった」

「それはわかっているわ」

「いや、きみは何もわかっていないし、わかろうともしていない。お母さんはきみをイギリス人として育てた。ギリシア人であるとはどういうことか、まったく教えようとしなかった。お母さんはギリシア人社会から遠く離れたロンドンで暮らしている。そのことでとやかく言うつもりはないが、ギリシア人の文化を理解していないのに、わかっているなどと言うな」

オリンピアは口を引き結び、共感できない気持ちを隠そうとした。

「ギリシアの男性は誰でも、女性の純潔を非常に重んじる――」

「話がそれているわ」オリンピアはすばやくさえぎった。「さっきの同意書にサインするという話だけど……」

「交渉の余地はない。同意するのか、しないのか」

オリンピアは深く息を吸った。「わたしはお金に興味はないわ」

「それなら、なんでこだわる?」

あなたを信頼できないからよ。でも、母に敬意を払うという言葉は信用していい気がする。いちばん大事なのはそれだったはず。つまり、母と一緒に暮らして母の面倒を見られるのだ。なぜこだわったのかしら?

「ぼくが妻に貧乏暮らしをさせると思ったのか?」

オリンピアは赤くなった。「いいえ」

ニックは金の腕時計に目をやった。「話がなかなか進まないな。続けてもいいかい?」

彼女はうなずいた。

「結婚式を挙げておいてすぐに別居するなんてばかげた考えだ。そんな芝居を打っても、きみのおじいさんが納得しないだろうし、ぼくも彼をだますつもりはない」

オリンピアは緊張した。「どうするの?」

「きみはぼくの持ち家のどこかに住まなければならない……少なくともしばらくのあいだは」

オリンピアは母のためだと自分に言い聞かせ、しぶしぶうなずいた。

「きみはぼくの息子、つまり跡継ぎを産むんだ」

オリンピアは口を開け、目をしばたたいた。

「ちゃんと聞こえたはずだ」ニックは、彼女のショックを受けた顔を冷ややかに見守った。

「ぼくは跡継ぎとなる息子が必要だ。もしきみと結婚するなら、そのチャンスを利用しない手はない」

あまりの驚きにオリンピアはしばらく声が出なかった。「冗談言わないで」

「跡継ぎを産むことにも交渉の余地はない。そのうちぼくの気が変わるかもしれないが。

女の子では条件に合わない。性差別主義者みたいな言い方で申し訳ないが、企業のリーダーになりたがらない女性はけっこう多いからね」

オリンピアはニックの頭がおかしくなったのではないかというようにまじまじと見つめた。「あなたはわたしを憎んでいるんでしょう。それなのにどうして……」

「いや、全然かまわない。きみは傷物かもしれないが、実利があるとなればぼくは感情にはこだわらないたちだ。それに遠慮なく言わせてもらえば、子供を産むのは楽しいんじゃないかな」

「あなたはわたしを抱かなければならないのよ！」

「そうかな……。ほかの女性と同じく、きみはぼくにとりすがって一緒にいてと哀願するに決まっている。女性を抱くことにかけてはぼくはなかなかのものだからね。きみも楽しめると思うよ」

オリンピアはすばやく椅子から立ちあがった。出てきた声は悲鳴に近かった。「あなたはわたしを試して侮辱するために呼んだのね」

「試すというのとは違う。さあ、座って。話はまだ終わっていない」

オリンピアは怒りに燃える目で彼をにらみつけ、椅子にほうってあった上着をつかんだ。

「いい加減にしてよ！」

「もしぼくがきみだったら、交渉を決裂させたりしないね。ぼくには、きみの手の内がすっかりわかっているんだから」

「そんなわけないでしょう」

「お母さんは、十年前のギリシア旅行できみがどんな下劣なふるまいをしたか、駐車場で何があったか、知っているのかい？」

オリンピアの足は床に釘（くぎ）づけになった。顔から血の気が引いていく。

「レッスン・ワン、オリンピア」ニックが静かにつぶやいた。「ぼくが手の内はわかっていると言ったら……話を聞くんだ！」

3

ニック・コザキスは広いオフィスをゆっくりと横切り、オリンピアの力の抜けた手から上着をとりあげてもう一度わきにほうった。彼女の手をとり、さっきの椅子に連れ戻す。オリンピアは逆らいもせず腰を下ろし、石のように動かなくなった。

「あなたはそんなこと……母に何か言ったりしないでしょうね」

ニックは運動選手のようにしなやかな動きで彼女の前にひざまずいた。「ああ、ぼくのオフィスを訪れたせいで、きみにはなんという暗い運命が待ち受けていたことか」満足げな口調だ。

オリンピアはショックに身を震わせた。「母の耳にどう伝わったか、あなたは知らないはずよ」

「この一週間、ぼくが何をしていたと思う？　調査したよ。お母さんは前に住んでいたフラットのお隣さんと仲がよかった。そして彼女は申し分なくおしゃべりな女性だった」

「ミセス・バーンズが覚えているはずないわ……つまり、あなたがそんな……」オリンピアはしどろもどろになった。

「残念ながら、彼女は実によく覚えていたよ。というのも理由は簡単、十年前の夏、きみがあまりにも落ちこんでいたので、お母さんは後悔して、娘をギリシアに行かせなければよかったと年がら年中口にしていたからだとさ」

「そんなの嘘よ」

「きみは家に帰って大いに慰められた。ぼくたちの婚約が破綻した理由には、そしらぬ顔で嘘をついたんだ」

「すべてが嘘だったわけじゃないわ。ほんの少し言い方を変えただけで……。わたしは駐車場であなたが想像するようなことはしていないのに、どうしてそんな話をするのよ」

「やけに必死になっているな。そんな必要はないだろうに」

「だって……」

「きみがぼくの言うとおりにするなら、何も恐れることはないさ。きみが下品なふるまいをした秘密は、墓のなかまで胸におさめておくよ。胸に手を置いて誓うけど、秘密を暴いてお母さんを苦しめるなんてまねは絶対にしたくない」

「だったら母に言わないで！」

「ただ、ひとつだけ問題がある」

「問題って？」

「ぼくは猛烈に復讐心を燃やしている」

「えっ？」

「きみは十年前、ぼくの顔に泥を塗った。きみは家族と友人の前でぼくを侮辱した」

「ニック、わたし……」

「二度ときみに会ったり、きみのことを考えたりしないですむなら、きみがどんなに貧乏な生活をしていようとぼくは気にならなかった。なのにきみはオフィスにやってきて、それでも男なのかと吐き捨てた。きみに関してやっと気持ちの整理ができたと思った矢先にきみは現れたんだ」

「謝ったでしょう」

「口先だけでね」

「じゃあ、もう一度お詫びするわ」

ニックは頭をのけぞらせ、しぶしぶ謝罪を認めるような表情で笑った。

オリンピアは彼の態度に勇気づけられた。「今まで言ったこと、本気じゃないわよね。怒りのあまりわたしを脅そうとしただけでしょう。あなたに近寄るべきじゃなかったと心から思ってるわ」

「そのとおりだ。自分で招いた事態は甘んじて受け入れるしかないんだ」

「わたしのしたことは……」

「きみはぼくを持参金でものにできると信じていたんだぞ！」

オリンピアは息をのんだ。「そんな……」

「さらにひどいのは、ぼくが、金に目がくらんで尊敬すべき年長者をだますようなまねをする男だと思われたことだ。その年長者というのはきみのおじいさんだ。きみには良識のかけらもないのか」

オリンピアはたじろいだ。すべてをねじ曲げ、彼女をひどい悪人のように言う彼のやり方に、すっかり気持ちをくじかれた。「そんなつもりじゃなかったの。わたしが考えたのは……」

「きみの考えなんか聞きたくない。きみは口を開くたびに腹の立つことを言う。少しでも知恵があるなら、口を閉じていろ！　きみはいろいろ罪を犯した。ぼくが償いの方法を考えてやる」

「いったいなんの話をしているの？」

「十年前にきみがしたことが原因で、かわいそうなお母さんはおじいさんと仲直りする望みを完全に絶たれた。おじいさんも手痛い打撃を受けた。そしてぼくがどんな思いをしたか、想像がつくか？」

母に関する話はいまだに心臓をえぐられるような痛みをもたらした。涙がこみあげ、オリンピアは首をうなだれた。「わたしのせいじゃない……あれは全部……仕組まれたことよ」

「恥を知れ。嘘をついたり後悔しているふりをしても、自分の身は守れないぞ」

「脅しているのね。まさに脅迫だわ！」

ニックはオリンピアの両手をつかみ、立ちあがらせた。「気を静めるんだ」

「今言ったこと、本気じゃないわよね」

「本気だよ。でも女性が泣くのを見るのは嫌いだ」ニックは彼女の体に腕をまわし、涙に濡れた顔を見下ろした。

オリンピアは息が詰まりそうになった。いきなり全身の神経が目覚めたのがわかる。体があまりにもすばやく反応したせいで頭がくらくらした。彼のにおいが鼻をつく。温かくたくましい男性の体を感じて、鼓動が耳に達するほど激しくなった。

「たとえ嘘泣きでも、涙を見ると反応してしまう」ニックは腰にまわした手に力をこめて引き寄せ、彼女をうろたえさせた。

「ニック……やめて」

「ニック……いいわ、だろう。あとはギリシア語でそれをどう言うか覚えるんだ。いちばん好きな言葉になるさ」彼はいきなりオリンピアに覆いかぶさり、荒々しく唇を重ねた。

官能的な衝撃がオリンピアを襲った。こんな情熱的なキスは初めてだった。彼女は電気に打たれたように体をこわばらせ、身震いして喉の奥から低いうめき声をもらした。倒れないよう彼の体にしがみつくしかない。

　ニックが唇を離し、彼女を押し戻した。「お待ちかねだったかい？」

　キスを許したことに動揺し、オリンピアは平手打ちをお見舞いしようと手を上げた。その手をニックがつかんだ。あまりにもすばやい反応に、彼女はあっけにとられた。

「こんなゲームは面白くない」

「母に告げ口したら承知しないわ」

「その危険を冒してみるかい？　きみが人から褒められるたったひとつの長所まで失うぞ」

「なんのこと？」

「きみはお母さんを愛していて、自分の本当の姿を知られたくないと思っている」

　オリンピアは背後から肩に上着がかけられるのを感じた。「わたしと結婚したくないくせに」

「どうして？　ぼくはマノリス帝国と跡継ぎの息子を手に入れ、スピロスには曾孫ができる。おじいさんにもそれくらいの報いがあって当然だよ。ぼくも自分の立場をわきまえた妻が持てる。本当の結婚じゃなく契約上の関係なら、どこへ行こうと、何をしようと、妻に問いつめられることもない。世の中の男はぼくをうらやましがるだろうさ」

「結婚の話はなしにするわ」

「そんなに弱気にならないでほしいな」ニックはため息をついた。「面白くもなんともない」

「ろくでなし、あなたはろくでなしよ……何をするの？」ニックに指をつかまれていた。

「ほら、婚約指輪だよ。いや、十年前にきみが投げ返した家宝の指輪とは違うよ。あれじゃもったいないないからね」

左手を飾るダイヤの指輪を見つめて、オリンピアは口がきけなくなった。

「ロマンチックだろう。きみが気に入らなくても、お母さんは喜んでくれるはずだ」

ニックは内ドアでつながった隣の部屋へ彼女を連れていき、エレベーターに押しこんだ。

「やめて」オリンピアは弱々しく抗議した。

「ダミアノスが下の駐車場で待っている。きみを車で送るよう手配してあるはずだ。今夜はもう寝るんだな。明日また会おう」上着が落ちそうになっていたので、ニックはそれを毛布のように彼女の体に巻きつけ、エレベーターのボタンを押した。

ドアが静かに閉まった。オリンピアはひどい頭痛と疲労を感じていた。やがてエレベーターが止まり、彼女はこうこうと明かりに照らされた地下の駐車場によろめきながら足を踏みだした。ダミアノスがオリンピアの青ざめた顔を一瞥し、すぐに視線をそらした。

この人は、生きたまま食われるような目にあいますよと警告してくれた。それなのにわたしは彼の言葉に耳を貸さず、二十七歳の大人になって今さらニックに徹底的に打ちのめされることなどありえないと高をくくっていた。ニックの恐るべき力に屈伏した今のわたしは、片脚を引きずりながら泥沼を歩いているようなものだ。ダミアノスに案内され、オリンピアは待ち受けていたリムジンに乗りこんだ。

翌朝は重苦しい気分で目が覚めた。

昨夜帰宅したとき、母はすでにベッドに入っていた。オリンピアは明け方まで眠れず、何か逃れるすべはないかと必死で考えを巡らした。しかし思いつく逃げ道はたったひとつで、ニックの言葉はただの脅しよと自分に言い聞かせるしかなかった。母の心臓が弱っていることをどうして言わなかったのだろう。ニックがいくらわたしを憎んでいたとしても、かよわい病人を痛めつけたりはしないはず。

オリンピアはベッドに起きあがり、ウエストまで届く赤褐色の豊かな髪をかきあげた。二十七歳にもなってまだこんなに髪を長く伸ばしているなんて。子供のころ母がブラッシングしてくれたのを思い出す。でも髪に関する思い出のほとんどは、ニックが指先でそっと撫でながらささやいた言葉だ。〝きみの髪が好きだ〟

十年前、深い絶望と自分にできるニックへの仕返しはこれしかないという思い込みで、オリンピアは気持ちを抑えつけた。だからこそ、ルーカス・テオトカスとのことでニックを裏切ったと非難されても、弁解しなかったのだ。あのときは、まわりのみんなに利用され、裏切られたと信じていたし、その事実が明るみに出るくらいなら、恥知らずのレッテルを張られるほうがましだと思ったから。

あのときのわたしは世界一の愚か者だった。わたしは祖父にとって単なる道具にすぎなかった。最高の値をつけた買い手に、結婚という形で引き渡される商品だったのだ。ニックと野心に燃える彼の父親は、結婚指輪とひきかえにさしだされたマノリス帝国に目がくらみ、わたしがギリシアの土を踏む前に、取り引きはすでに成立していた。

過去など思い出したくないのに、感情の高ぶりがいつも胸の奥に閉じこめていた記憶を解き放つ。潜在意識が、祖父の屋敷で初めて見たときのニックの姿を脳裏によみがえらせる……。

飲み物を手にプールサイドに立つニックは、クリーム色のチノパンツに黒いTシャツを着ていた。あの日、少なくともほかに十人の若者が居合わせたのに、わたしにはニックしか見えなかった。

ニックは琥珀(こはく)色の目を金色に輝かせて友達の冗談に笑っていたが、わたしが出ていくとその視線はまっすぐわたしに向けられた。よく考えてみれば、いかにもわざとらしかった。今となっては苦々しい瞬間だったと思える。あのとき彼はおそらく、写真よりもさらに不細工だと思っていたにちがいない。でもわたしは何も気づかなかった。ニックの魅力のとりこになっていたから。

祖父は自然に見えるようにとりつくろったりせず、性急にニックを呼んで孫娘に引きあわせた。わたしはばかみたいに口ごもり、赤面したままニックのTシャツを見つめるばかりだった。何か面白い気のきいたことを言って相手に印象づけたいと必死なのに、頭が真っ白で何も思いつかない。だが心配する必要はなかった。おしゃべりはニックが一手に引き受けてくれたから。

無邪気だったあのころの記憶に胸が痛み、オリンピアは現在に気持ちを引き戻そうとした。過去に比べて、今ははるかに恐ろしい。あの夏の真相を打ち明けたら、母は打ちのめされるだろう。オリンピアの説明を信じはしても、娘がどんな屈辱を受けたか知ることは、母に深い悲しみを与えるはずだ。そしてオリンピアがふしだらなまねをしたという疑惑に反論しなかった点については、絶対に理解してもらえないにちがいない。

でも、あのときどんな反論ができただろう？　親友だと信じていたカテリーナが、オリンピアは自分と一緒にニックを裏切ったというルーカスの嘘の告白を裏づけたのだ。あのときわたしは、ニックがあの美人モデルと一緒にいるのを見て、胸が悪くなるような苦痛を味わった。だから彼に仕返しすることしか頭になかった。復讐を。ニックと、そして孫娘を信用しなかった祖父に罰を与えて、復讐したかった。わたしをふしだらな女と決めつけた二人に、実際そのとおりだと思わせたかったのだ。ニックは激怒した。彼のたぐいまれな自尊心は、不細工で自分に夢中になっているはずの婚約者が浮気したというショッキングな事実に深く傷ついたはずだ。

ゆうべ、わたしは彼の言葉に縮みあがった。でも明るくなった今冷静に考えると、ニックがあんな脅しを本気で言ったとは思えない。跡継ぎの息子を産んでくれだなんて。

熱に浮かされたように物思いにふけっていたオリンピアは、目覚まし時計を見てはっとした。母はどうして起こしてくれなかったの？　もう十二時十分前だった。あわてて寝室を飛びだし、居間に駆けこむ。男性の笑い声を聞いて客が来ていると気づいたときは、手遅れだった。

色あせた短めのナイトガウンのまま居間に一歩踏みこんだオリンピアは、自分を迎えた光景に口をぽかんと開け、翡翠(ひすい)色の目を丸くした。コーヒーポットといちばん上等なカップがテーブルに出ている。母がニックの片手を握りしめ、感激の涙を拭(ぬぐ)っていた。母の目に悲しみはなく、明かりが灯(とも)されたように輝いている。

チャコールグレーのビジネススーツを優雅に着こなしたニックの表情は、信じられないほど穏やかだ。彼はまるでこのみすぼらしい部屋の常連客、家族にとって昔からの友人のようになじんで見えた。母は心からくつろいでいる様子で、快活に早口のギリシア語で話している。それはオリンピアがここ数年見たことのない姿だった。

ニックがオリンピアのあっけにとられた顔を冷静に見返した。「笑って、スイートハート(アガペ・モ)。申し訳ない。きみはまだ寝ていると言われたんだけど、ぼくたちのグッドニュースを早くお母さんに知らせたくて待ちきれなかったんだ」

「グッドニュース?」オリンピアはできの悪いロボットのように彼の言葉を繰り返した。

遅ればせながら娘に気づいた母は、ナイトガウン姿にあきれて眉をひそめた。「オリンピア……早く着替えてらっしゃい。ニックがわたしたちを食事に連れていってくれるんですって」

オリンピアはふらつく足どりで寝室に戻り、ベッドにへたりこんだ。ニックは母に結婚の話をするためにやってきたのだ。彼を敵にまわして勝ち目がないのはわかっていたはずなのに。

娘を追いかけて母が寝室に入ってきた。「ニックが今、携帯電話でお店に予約を入れているわ。わたしも着替えなくちゃ」母は娘の横に腰を下ろし、夢見心地で首を振った。「ああ、オリンピア、驚いたわ。でもこんなすばらしい話ですもの、内緒にしていても責めたりしないわよ。本当にすばらしい結婚相手を見つけたものね」

母は感きわまって娘を抱きしめた。オリンピアは凍りついたように座ったままだった。わたしはニックに逃げ道をふさがれ、恐ろしいほどの速さと手際よさで追いつめられてしまった。

「ニックはいつ来たの?」オリンピアは弱々しい声できいた。

「朝からいたのよ。あなたを起こさなくてはと思ったんだけど、話が山のようにあって」

興奮のあまり娘の沈黙を変だと気づくゆとりもなく、母はオリンピアの手を両手ではさんだ。「彼はわたしも一緒に住むよう勧めてくれたの。でも、お断りしたわ。新婚夫婦はそっとしておいてあげるものでしょう。それにギリシアに帰るとしたら、父の家に呼んでもらいたいの。今のところ、わたしの家はロンドンだけれど」

「ニックはどんな話をしたの？」

「何もかもよ。あまり正直に話してくれるので、どぎまぎしたわ。でも今は、あなたたちの結婚になんの異存もないって心から言えるわ」

「本当に？」

母はため息をついた。「ニックがほかの女の子と一緒にいるのを見たとき、あなたがどれほど傷ついたかよくわかるわ」

オリンピアは歯を食いしばった。

「あなたたち、二人とも若すぎたのよ。ニックが大学を卒業するまで結婚はお預けということは、婚約期間が二年にもなるもの。若い男性ならどんなにまじめな人でも――」

「わたしたち、婚約してたった二カ月だったわ」オリンピアは母の言葉をさえぎった。

怒りで爆発しそうだった。ニックはわたしの家にいきなりやってきて母に自己紹介し、自分の罪は許されて当然だと納得させたのだ。

「ええ。でも、お酒も関係していたみたいだし、若いときって自制心がきかなくなるのよ」母は気まずそうにつぶやいた。「わたしも経験させられたわ。男性には強い衝動があるから……。ニックはわたしの父に、結婚前に体の関係を持つのは禁ずると厳しく言われていたんですって。わたしが未婚の母になったものだから、父は孫まで同じ立場になるのを絶対に避けたいと思ったのね。父がそう思うのは当然だけど、ニックも若かったわけだし……」

「強い衝動があったのよね」オリンピアは母の言葉を繰り返した。

「ねえ、指輪はどこにあるの?」母は興奮を抑えられないようだ。

オリンピアは立ちあがり、引き出しから指輪をとりだした。

「わたしたち二回も泥棒に入られたって、ニックに話したの。そうしたら、もうひと晩でもここにいさせたくない、ですって」美しいダイヤモンドを見つめる母の目にうれし涙が光った。「まるでおとぎばなしみたい……」

十分後、オリンピアは黒いパンツにゆったりしたブラウスを着て寝室を出た。ニックはまだ居間で携帯電話を手にギリシア語で話している。彼を見ているうちに、煮えたぎる怒りがわきあがった。今さら引き返すことはできない。あそこまで期待させておいてがっかりさせられたら、母の心臓は破れてしまうだろう。

「あなたはさぞかし自分を頭がいいと思っているんでしょうね」電話のスイッチを切ったニックに、オリンピアは非難を浴びせた。

「お母さんは喜んでいるよ」

「いったい母にどんな話をしたの？」

ニックは皮肉っぽい笑い声をもらした。「話の粗筋はこうだ。はにかみやのお嬢さんは、前に裏切られた婚約者とまたつきあっているのをお母さんに打ち明けられずにいたんですってね」

「あなたの子供を産むなんてまっぴらよ」

「産むまでは離婚できないぞ。きみの選択にまかせるけど」

「あなたなんか大嫌い」

「感情的になるなよ。ぼくたちは契約を結んだじゃないか」

「あなたが条件を決めたのよ」

「自分が満足できるようにね……どこが悪い？　さあ、もう一度部屋に戻って派手な服に着替えてくるんだ。今日はきみじゃなくて、お母さんを喜ばせるんだから。おしゃべりはぼくにまかせておけばいい。きみはにこにこして幸せそうにするだけで」

「お断りしたら？」

「断れないだろう。お母さんのためなんだから」

わたしたちは契約を結んでしまった。いったいどうして、結婚して別々に住んでも誰にも何も言われないと思うほど頭がおかしくなっていたの？

「ゆうべ、スピロスに電話したんだ。何ひとつ質問されなかった。うれしそうに、きみはすばらしい夫になるだろうと言われたよ」

「祖父はたぶん、毎晩あなたがわたしをぶちのめすのを期待しているはずだわ」

「初孫の誕生を予告されたら、ぼくがそんなひどい夫じゃないとわかるさ」

オリンピアは頭がくらくらして、わめきだしそうになった。急いで寝室に引き返す。母のため。そう言い聞かせ、青いドレスとそれに合う上着を選んで着替えた。

ニックは二人をサヴォイ・ホテルに連れていった。食事は豪勢だった。彼は約束どおり会話を一手に引き受けた。きみたちはできるだけ早くぼくのロンドンのアパートメントに引っ越してくればいい。イリーニは好きなときに好きなところに住んでかまわない。結婚式は二週間以内にロンドンで挙げるつもりだ。残念ながらぼくは多忙で、結婚式までロンドンに滞在することはできない。というより、すでに今夜ギリシアに発たなくてはならない。いかにも残念そうな口ぶりでニックがそう言うのを、オリンピアは自分の皿を見つめながら聞いていた。

ニックは二人をフラットまで送り届け、ちょっと横になりたいと断って寝室に下がる未来の義母を見守った。

「結婚式の前にお母さんを専門医に診せたほうがいい。こんなことは言いたくないけど、おじいさんの頑固さはひどすぎる。自分の娘がどんな暮らしをしているか知らないんだね？」

「祖父はわたしたちの暮らしぶりになんの興味もないのよ。もしかしたら、何に対しても興味がないのかも。ねえ、聞いて、ニック」オリンピアは手を組みあわせ、目を見開いて懇願した。「わたしたち、こんなに憎みあっているのに、どうして一緒に住めるの？」

「いったいどこからそんな考えが出てきたんだ。ぼくがきみみたいな女性と一緒に暮らしたがっているとでも思っているのか？」

わけがわからなかった。「どういうこと……？」

「ぼくにもプライドがある。きみとベッドはともにしても、それ以外は何も分かちあう気はない」

オリンピアは宙に視線をさまよわせた。お互いに憎みあいながら子供が作れると、彼は本気で信じているのだろうか？　でも、彼がどんな計画を持っていようと関係ない。彼は勝手に作った条件でことが運ぶと思っているのだから。実際に結婚が成立したら、ニックは間違いに気づくだろう。彼の思いどおりにさせるものですか。彼の子供を産む義務はないもの。彼に対してなんの義務もないわ。

4

結婚式当日の朝、スピロス・マノリスがニックのアパートメントにやってきた。

オリンピアは祖父の到着を知らず、母を捜すために、木綿のガウンを着たまま、あてがわれていた豪華な客用の寝室を出た。低い緊張した声で交わされるギリシア語のやりとりが聞こえてくる。彼女は眉をひそめ、物陰から広々とした玄関ホールをのぞいた。激しい感情に顔を引きつらせた祖父が母の両手を握りしめ、白髪の頭をうつむけて立っている。オリンピアはそっと自室に引き返した。

仲直りらしきものができて、母のためには喜ぶべきだろうけれど、祖父がぎりぎりまで行動を起こさなかったことには腹が立った。もしかしたら祖父は、孫の結婚式の日にまで娘を無視するようなみっともないまねはできないという思いだけで、最後の抵抗をやめたのだろうか。

一週間前、オリンピアはロンドン市内にあるニックの弁護士の事務所を訪ね、婚前契約書にサインした。内容に目を通しもせず、独自の法的助言を受けようともしなかった。母の未来に関して安心できるかぎり、自分自身の経済的条項はどうでもよかった。望むものを手に入れた以上、欲張りでないところを花婿に見せつけてやりたかったのだ。

そんな態度にニックが好感を持てば、もしかしたら彼も貪欲な態度を改めるだろうし、跡継ぎの息子を産むという異常な条件など不必要だと気づくはずだ。彼はまだ二十九歳なのだから。

この二週間、ニックとは電話で話しただけだが、オリンピアはそのあいだに、冷静で良識あるいつもの自分をとり戻していた。ニックもきっと分別をとり戻しているだろう。もちろんそうにちがいない。

「ダーリン、ごめんなさいね……こんな時間だなんて気がつかなくて」母が申し訳なさそうな顔で寝室に駆けこんできたとき、オリンピアはすでに支度を終えていた。

自分ひとりでウエディングドレスを着たオリンピアは母にほほ笑んだ。「おじいさんが来てくれたのね。さぞかし積もる話があったでしょう」

母は二週間前とは別人に見えた。よく食べ、ぐっすり眠れるようになったし、さらにすばらしいのは生きる意欲をとり戻したことだ。まだ弱々しく、疲れやすい面はあるけれど、不安やストレスのない生活こそ心臓治療の妙薬だという医者の言葉は正しかったようだ。

「とってもきれいよ……ニックが結婚を待ちきれないのも無理ないわね」母はうれしそうにため息をついた。

どんな花嫁だってきれいだし、まして母親の目にはそう見えるものだわ。オリンピアは冷めた心で思った。それにニックが早く祭壇の前に立ちたいというのは、祖父の会社を手中におさめて新しい挑戦をしたいからだ。なぜ急ぐのかきいたとき、たしかに彼はそう答えた。

「ニックがあなたに自信をつけてくれるわ」母は確信に満ちた言い方をした。

オリンピアはもう少しで母の言葉を笑い飛ばすところだった。ニックが送ってくれたクレジットカードで慎（つつ）ましい衣類を補充したときに選んだこのドレスは、たしかにきれいだ。ほっそりした優美なスタイルで、最高級の手編みレースで覆われている。まぶしいほど真っ白だから、ニックが皮肉っぽく唇をゆがめるのは間違いない。オリンピアがほかのドレスを気に入らなかったのは、単に完全な白ではなかったからだ。

祖父が教会に同行し、祭壇に向かう通路を一緒に歩くつもりだとは、最後の瞬間まで気づかなかった。オリンピアがリムジンに乗りこむとき、祖父は落ち着かない様子で歩道をうろうろしていた。気まずい雰囲気が漂った。

「わしはおまえの母親に厳しすぎたようだ」走りだしたリムジンのなかで、祖父がぶっきらぼうに言った。「これから埋め合わせをするつもりだ。もしイリーニが望むなら、またギリシアの屋敷に住まわせてもいい」

「よかった」オリンピアはしぶしぶ言った。

沈黙がたれこめる。

「おまえは強情なやつだ、オリンピア。亡くなった妻によく似ているが、似ているのはそこだけだ」

「ありがとう……と言うべきなのかしら」

「本当のことを言えば、おまえとニックがよりを戻したのは驚きだが、詳しい話は聞きたくない」

「よかったわ」

「しかし、警告を与えるのはわしの義務だ。おまえは義理の家族で苦労するようになるだろう」

「え？」

「ニックの両親はこの結婚を喜んでいないが、式には間違いなく出席するはずだ。ニックが気の毒だな。結束の固い家族だったから」

彼が恥知らずな女を相手に選んだからと言いたいのね。オリンピアは急に疎外感を覚え、陰鬱（いんうつ）な気分になった。昔ニックの両親には好意を持っていたし、年の離れた弟、ペリもかわいかった。当時まだ十歳だったはず。

「だがな、もう一方に見切りをつけられるのでほっとしているのもたしかだ……」祖父がつぶやくように言った。

「もう一方って？」

祖父はオリンピアが盗み聞きでもしていたのかというように眉をひそめた。「ひとりごとだ」

きっとニックはわたしよりもっと不釣り合いな相手と大胆な関係を持っていたのね。でも、それがどうだっていうの？　気にする必要がある？　彼にはとりすがって一緒にいてと哀願する女性が何人もいる。オリンピアはつんと顎を上げた。わたしなら、どんな男性にでも、そこまで恥ずかしいまねをするなんて考えられない。

教会は花で埋めつくされ、いい香りがたちこめていた。祭壇の前にいたニックが振り返り、近づいてくる花嫁を見守っている。すばらしくハンサムだ。長身で鍛えられた体、みごとな骨格をした彼の姿をキャンドルの光がいっそう際立てている。オリンピアは心臓が止まりそうになった。あのころは彼を愛していた。こうなることを夢見ていた。なぜすべてがあっというまに壊れてしまったの？

十年前に二人で相談したとおり、結婚式が伝統的なギリシアスタイルで執り行われたのも、オリンピアにはつらかった。ニックの名付け親が采配(さいはい)をふるい、祝福を受けた結婚指輪が交換されるあいだ、ニックはずっと彼女の手をとっていた。花嫁花婿の頭上にオレンジの花冠がおごそかにのせられ、二人はひとつのゴブレットからワインを飲んだ。そして二人で聖書卓の前を三回往復したが、それは結婚が永遠に続くという誓いの象徴だった。

式が終わるころには、オリンピアは本当の花嫁になった気がして感動し、そんな自分に困惑した。

　教会を出て春の陽光を浴びたオリンピアは、待ち受けていたカメラの列に晴れやかな笑顔を見せ、衝動的に言った。「こんなふうだとは思いもしなかった……すばらしい結婚式だったわ」

「最近は自分の国の伝統で式を挙げるのがファッションなのさ」ニックは実にそっけない。「それに会社のイメージ作りにも役立つ」

　オリンピアは身をこわばらせた。二人の結婚は、個人的なものというより企業の合併に近いという事実を忘れてはならないのだ。

「ギリシアの伝統では、今夜は屋根の上に旗を揚げて、ぼくが花嫁を楽しんだら旗を下ろすのが本式だけど、それだけはやめておくよ」

　オリンピアは頬を赤らめ、怒りに燃える目でニックをにらんだ。「わたしを楽しむなんて、させるものですか！」

　ニックはリムジンに乗りこんだオリンピアのあとから自分も乗りこみ、のんびりした楽しそうな顔で花嫁を見た。

「本気で言ってるのよ」オリンピアは警告を発し、つんと窓の外に顔を向けた。リムジンが道路に出ていく。

しなやかな手がオリンピアの手に重なった。彼女はその手を振り払った。次の瞬間、ニックは両手で彼女のウエストをつかみ、座席から持ちあげて両腕に抱えこんだ。「何か言ったかい?」

「放して!」驚くほど楽々と腿の上にのせたニックに、オリンピアは息をのんだ。

「放したくなったら放すよ」ニックが彼女の顎をつかんですぐそばまで顔を近づけたので、いやでも視線を合わさざるをえなかった。「なんてきれいな肌なんだ……」

胸が高鳴り、脈が速くなった。「わたしたち、披露宴に行くんでしょう?」

「思い出させてくれてありがとう……」ニックはオリンピアのウエストに腕を巻きつけたまま、自動車電話に片手を伸ばした。親指でボタンを押し、運転手にギリシア語で何か伝える。

そして彼の注意は、ふたたびオリンピアに向けられた。

「シートに座らせてちょうだい」気の弱い男性なら縮みあがってしまいそうな辛辣な口調でオリンピアは言った。

「つんつんした態度はやめるんだな。ぼくは好きじゃない」

オリンピアは深く息を吸った。「わたしがあなたの気に入るようにすると思っているの?」

レースに縁どられた胸のふくらみが悩ましく上下するのに目を奪われていたニックは、

ゆっくり黒いまつげを上げた。「ぼくがレッスン料なしで教えてあげるよ。さぞかし楽しいことになりそうだからね。さて、どこまで言ったっけ？」

ぶーんという音がして、何かが閉まった。

「なんの音かしら？」そう言いながらも、どうでもよかった。オリンピアは気もそぞろだった。またしても車内に息づまる雰囲気が漂う。

「ぼくたちのプライバシーを確保しただけだ」ニックは長い指でオリンピアの顎をつかみ、かすかに開いた唇のあいだに親指を入れた。「なんとも官能的な唇だ……」

どうすることもできず彼の瞳を見つめているうちに、体が小刻みに震えだした。すべての感覚が研ぎ澄まされ、彼に集中している。彼の官能的な唇の感触を思い出して震えが止まらず、知らず知らずのうちに手が伸び、豊かな黒髪に指をからませていた。彼の頭を引き寄せたとき、オリンピアが望んでいるのは、欲しいのは……。

彼女は頭をのけぞらせ、喉をあらわにした。彼の熱い唇が喉から首のつけ根まで這う。オリンピアは苦悩のうめき声をもらした。体の高ぶりは抑えようもなく、彼の唇が欲しくてたまらない。ニックが長い指をドレスの胸元から入れて胸のカーブをたどり、固くなっている先端に触れた。オリンピアはふたたびうめき声をあげ、彼の背中に手を押しあてた。炎に包まれたように息苦しく、必死で肺に空気を送りこもうとする。

ニックが手を引っこめ、座席にもたれた。「車のなかで愛しあうことになると、きみはたちまち燃えるんだな」彼は物憂げに言った。「ひょっとしたら、今回はぼくが相手だから熱くなったのかな……。どう思う？」

横柄な言い方に、オリンピアはさっと顔を上げた。沈黙のなか、ニックは金色に光る目で彼女の表情を探っている。

「ぼくは挑戦されると残酷になるんだ」

オリンピアは彼から体を引きはがし、座席の隅に身を寄せた。彼が及ぼす影響力のすごさに打ちのめされ、自分に根本的な弱さがあるのを知って愕然とした。彼が触れるのを止めようとしなかったのだから、喜んでいると思われても仕方がない。その事実がひどく恥ずかしかった。

ニックがかすれた声で笑った。「そんな顔をされるとこっちもつらくなる。でも、ぼくたちの契約をリムジンのなかで遂行する気はない」

ニックはガラスの仕切りを覆っていたシャッターを上げ、運転手にまた何か言った。

披露宴が開かれるホテルに着くと、さらに不快な驚きがオリンピアを待ち受けていた。準備されていた部屋に、二人の弁護士とともに祖父がいた。会話はすべてギリシア語だった。オリンピアが落ち着かない気分で見ている前で、ニックと祖父はいくつかの書類にサインした。

部屋を出ていく前にスピロスが孫娘をそばへ呼び、憂いに満ちた声でささやいた。「これがわしの選択でなかったのはわかってもらいたい」

オリンピアの頬が真っ赤に燃えた。ひどい侮辱を受けた気がする。祖父はたぶん、わたしが幸せな結婚生活を送る可能性がまったくないのを知っているのだ。祖父の言葉に傷ついたオリンピアはテーブルに戻り、自分の前に一枚だけ置かれた紙にすばやくサインした。これほど大きな企業の経営相続権を放棄するからには、さぞかし面倒な手続きになるだろうと予想していたが、サインの必要な書類は一部だけだった。彼女は驚くと同時にほっとした。

祖父からあらかじめ警告されていたことだが、新郎新婦として客を出迎えているときに接したニックの両親の冷たいよそよそしさは、想像以上だった。名門の出のアキレス・コザキスと妻のアレクサンドラが息子の結婚式に出席したのは、そうしないと結婚を認めたくないのを公表することになるからだろう。

ニックの年の離れた弟、ペリクレスはひと目見ただけではわからなかった。二十歳になったペリ・コザキスはもうオリンピアを見下ろすほど大きくなっていた。ペリがにっこりして茶色の目を輝かせたそのときになって、オリンピアはようやく見覚えのある顔に気がついた。

「ペリなの？」驚きに息をのむ。

「あとでね」ペリは彼女がはっとしたのに満足し、前を通りすぎていった。

「弟さん、ずいぶん変わったわね。見違えたわ」オリンピアはニックに打ち明けた。

「ああ、弟のほうもきみの本当の姿は知らないさ。あいつが覚えているのは、バスケットボールでこてんぱんに負かした純情な女の子というだけだ。だから弟がいだいているイメージを壊さないように頼むよ」

オリンピアは青ざめた。困惑と不安がつのる。駐車場での事件ははるか昔なのに、ニックはほんの十秒でも忘れることができないようだ。結婚したのはたった一時間前なのに、彼はあの夜の件をすでに二回も口にしている。

ニックが別の客と話しているのに気づいて顔を上げたオリンピアは、目の前に立っていたのがカテリーナ・パラスだとわかって凍りついた。カテリーナは挨拶の手をさしだしているが、黒い瞳は注意深く表情を隠している。「オリンピア……」

かつての親友をしげしげと見つめただけで、オリンピアは握手に応じることなく手をわきにたらした。砕け散った友情の記憶は今も心をうずかせる。あれ以来、オリンピアはカテリーナほどの親友を作っていない。あまりにも残酷な裏切りを受け、深く傷ついたから、女友達というものに信頼が持てなくなってしまったのだ。

「あとで話せるわよね……」カテリーナはあいまいな微笑を浮かべ、そそくさと去っていった。

「いったいなんのまねだ?」ニックが低い怒りの声を発した。「ぼくの家族の一員を侮辱するとはどういうつもりだ？」

自分のことで頭がいっぱいだったオリンピアは、ニックの反応に当惑し、眉をひそめた。

「きみがカテリーナに会って動揺するのは無理もないが、敬意を払って挨拶するのは当然じゃないか」

「いやよ」

「いやとは、どういう意味だ？」信じられないという顔でニックは彼女を見下ろした。

「わたし、動揺なんかしていないし、カテリーナの顔を立てるために心にもない社交辞令を言うなんてまっぴらよ。あの人をわたしに近づかせないで。あんな大嘘つきはいないわ。こっちからいやがらせをするつもりはないけど、わたしの我慢にも限界はあるのよ！」

ものすごい剣幕にあっけにとられたニックは小さく息をのんだが、ちょうどそのとき新郎新婦が席に着く時間になったので、オリンピアの挑戦はそのままになった。

オリンピアは毅然とした態度で思うことを言えた自分に驚いていた。ニックはわたしをいつでも言いなりになる人形だと思っていたのだろうか？　彼はこれからときどき――いいえ、たびたびわたしを思いどおりにできない場面に出くわすことになるわ。もちろん彼は不愉快に思うでしょうね。でも昔、彼に首ったけだったころでも、彼が生まれながらに男性優位主義を確信しているのは気づいていた。ニックはどんな場合でも自分がすべてに熟知していて、何かを決めるのは自分、わたしはそれに従うのが当然だと、なんの疑いもなく信じていた。

「ぼくは素顔のほうが好きだ」いつか彼が言ったことがある。「自然のままがいい」

オリンピアは化粧を薄くしたが、完全にやめはしなかった。

「きみはクラブに行くには若すぎるし、まだアルコールも飲めない」ニックは同情する様子も見せず、高飛車に言った。「きみのおじいさんも許してくれないだろうし、家にいるべきだ」

「それならカテリーナと一緒にクラブに行くわ」

「そんな考えは忘れろ！」ニックは即座に言った。

二人にとってたった一度の言い合いだった。その数時間後に破局が待っていた。

カテリーナに励まされて、オリンピアは男たちのパーティに乗りこんだ。そこで見たものは……。苦い思い出に体がこわばる。あのとき彼女は、なぜニックが婚約者を連れていくのをいやがったのか、まざまざと見せつけられた。

披露宴の長い食事が終わると、花嫁はニックに手をとられ、ダンスの皮切りをするためにフロアへうながされた。

「ギリシアの伝統的結婚式なら、ここでお皿を割るんじゃなかったかしら」からかうように言う自分の声が聞こえる。

「もう一度でもそんな皮肉を言ってみろ」頭の上でニックの低い物憂げな声がした。

「言ったら、どうするつもり?」自分でもいやな言い方だと思いながら、相手を怒らせたい気持ちを抑えられない。

「言えばわかるさ」

「いつも約束するだけだわ。あなたは約束を守ったためしがないのを恥ずかしく思わないのね」舌が意志を持ったかのようにオリンピアは思ったことをずばずば口にした。

長い指が彼女の首をつかみ、顔を仰向かせた。怒りに燃える金色の目が翡翠色の目を射る。それからニックはオリンピアを両腕に抱き、力をこめて情熱的に唇を重ねた。仰天したオリンピアが抵抗するすきはなく、彼女の周囲のすべてが目がくらむほどの速さで回転しはじめた。

ニックは彼女の唇をこじ開けた。まるで何かを暗示するように。官能的で巧みなキスが嵐のような激しさでオリンピアを襲った。胸の鼓動が激しくなり、脈が速くなる。震える体があますところなく反応して燃えるように熱くなる。

音楽が終わるとニックは顔を上げ、オリンピアの手をゆっくり肩からはずした。光り輝く黒い目が彼女のぼうっとした顔を眺めまわす。「きみにしがみつかれるのは好きだよ」

自己嫌悪にかられ、オリンピアは人目があるのも忘れてニックから飛びのいた。つかのまでもひとりになりたかった。大勢の人で埋まったダンスフロアを出たところで、ニックの弟が行く手を阻んだ。

「ようやく新しい姉さんとおしゃべりする番がまわってきた」ペリはオリンピアにそっと両腕をまわした。

「ペリ、わたし……」

ニックの弟は真剣なまなざしで彼女を見つめている。「ぼくの両親がせっかくの結婚式を台なしにして申し訳ないと思っている」

意外な言葉に不意を突かれ、オリンピアはうろたえた。

「両親の態度はどうしようもないけど、ぼくは両親と違うとわかってほしいんだ」

「ありがとう」

「でも、真相を教えてもらえるとありがたいな」

「真相？」

「いいかい、オリー」ペリは少年のころ自分がオリンピアに対して呼びかけていた愛称で呼んだ。「十年前はぼくも子供だったけど、今は違う。どうしてカテリーナは急に陰険な顔になって離れたところをうろついているのか、あのときみがニックと別れた裏にはどんな秘密があったのか、教えてくれないか？」

「秘密ですって？」オリンピアは息をのんだ。〝陰険な顔〟というのは、カテリーナに関するわたしの思いに実にぴったりくる言葉だ。

「どうしてうちの両親が朝からあんな恥ずかしい態度をとっているのかもわからないし。

だけど何より知りたいのは、なぜ両親の失礼な態度にニックが知らん顔をしているかだ」

「ご両親はきっとわたしの家庭の事情がお気に召さないのよ」オリンピアは必死でペリの気をそらそうとし、遅まきながら前もって警告してくれたニックに感謝した。自分の家族が胸にどんな悪感情をいだいているかペリが知りたがるのは当然だけれど、わたしのほうに問題があると思われたくはない。

「ぼくの家族だって聖書の時代にさかのぼれるほど由緒正しい家柄じゃない。母が結婚式のあいだ涙をこらえきれなかったのは、きみにお父さんがいないからという理由だけとは思えないね」

　オリンピアは唇を噛みしめた。そんな話は聞きたくなかった。

「それに、ニックが長いあいだジゼル・ボナーとつきあっていることで母がどう思っていたか知って、よけい驚いたんだ」ペリは、自分がうっかりオリンピアの知らないニュースをもらしたかもしれないとは気づいてもいなかった。

　ジゼル・ボナー。オリンピアはその名前にまったく心あたりがなかったが、すぐに忘れてしまえる名前ではないと直感した。彼女はペリを見上げ、内心とは裏腹の冷静さを装った。「わかるでしょう、ペリ。新しくできた娘を両親が気に入らないのはちっとも珍しい話じゃないわ」

「ぼくに何も教えてくれないんだね」ペリはオリンピアの弁明を受けつけなかった。「言っておくけど、ぼくは簡単にあきらめないよ」

「ぼくだって花嫁を簡単に渡したりする気はないぞ、ペリ」ニックが割りこみ、オリンピアの体に腕をまわして弟から引き離した。

オリンピアは顔を赤らめ、ペリから遠ざかりながら、体にまわされたニックの腕からも逃れた。

「あいつはしゃべりだしたら止まらないし、分別ってものがないからな」ニックがぶっきらぼうに言った。

オリンピアは彼が緊張しているのに気づいたが、なぜかはわからなかった。「分別がないとは思わないわ」彼女は言った。本気だった。

とどのつまり、ペリは自分で思っている以上に真相から遠く離れたところにいるのだ。彼はお兄さんの結婚がビジネス上の契約だとは知らない。それに、ふつうの花嫁なら夫になるべき男性が結婚前に長くつきあっていた女性の噂くらい耳にしていてもおかしくないはずだ。オリンピアは情けなくなった。ジゼル・ボナー。その人、きっとブロンドだわ。ニックはブロンド女性が好きだもの。大きな青い目に長い脚をしたブロンド美人で、肌をあらわにする服を着ているにちがいない。遠い昔、彼と一緒にいるのを見たイタリア人モデルの姿が脳裏をよぎる。

「ちょっと失礼するわ」さっきひとりになってほっとしたかったのだと急に思い出し、オリンピアは化粧室へ向かった。だが待望の避難所にあと数メートルというところで、またしても歓迎したくない出来事が待ち受けていた。

「オリンピア」小柄でほっそりした体をしゃれた緑色のスーツに包んだカテリーナが、行く手をさえぎった。

オリンピアは体を震わせ、怒りをこめてつぶやいた。「なんの用？」

「わたしたち、あんなに仲がよかったのに」カテリーナはため息をつき、傷ついたような顔をした。

「そんな演技は、あなたと親友になったことがない人のためにとっておくといいわ」

カテリーナは周囲を見まわし、二人の会話を誰にも聞かれていないのを確かめてから、オリンピアにばかにした笑いを投げた。「あなたの結婚式に招待されて死ぬほど驚いたわよ。罠じゃないかと思ったけど、ニックがいつもと同じように挨拶してくれてほっとしたわ。わたしは安全ってわけよ」

「安全？」

「ニックが十年前の真相に気づいていないのははっきりしているわ」

「そうかしら？」オリンピアは必死で無関心を装ったが、正面から事実を突きつけられて屈辱を感じていた。

だがカテリーナはそんなことでだまされるほど愚かではない。「あなたと哀れなルーカスのことでわたしがちょっとした嘘をついたのがニックに知れたら、事態はがらりと変わっていたでしょうね」彼女はすべてお見通しだというようにあざ笑った。「つまり、ニックが真相を知らないのにあなたと結婚するのは、マノリス産業を手に入れるためだけってわけよ。あなたはどんなことをしてもニックが欲しいのね。プライドってものはないの？」

自分の嘘がまだ事実で通っているのを知ったカテリーナは、勝ち誇るばかりか、この結婚を屈辱的なものと決める根拠さえ見つけたのだ。オリンピアは骨まで粉々に打ち砕かれた気がした。

「こんな場所であなたと喧嘩しないでおくくらいのプライドはあるわ」オリンピアはきっぱりと言い、顔をそむけて歩きだそうとした。

カテリーナはまだ言い足りないらしく、忍び笑いをもらした。「ニックも気の毒に。今夜は目をつぶってあなたがジゼル・ボナーだと自分に言い聞かせるしかないのね」

オリンピアは化粧室に逃げこんだ。気分が悪い。冷たい水に浸けた両手が震えている。カテリーナはこれっぽっちも変わっていない。十年前とまったく同じだなんて、かえって不気味な感じさえする。カテリーナはまわりに自分をよく思わせたい人がいるときは優しいけれど、相変わらずわたしを目の敵にしている。

この結婚の目的が企業合併だという噂が母の耳に届くのだけは避けたい。もし母がアテネ郊外にある祖父の屋敷に戻ったら、噂を耳にする可能性は充分にある。今日、祖父が母のまわりをうろうろし、病弱な体を気づかって心配そうにしている様子から判断して、母がアテネに移るのはそう遠い先の話ではなさそうだ。

花嫁の席に戻ろうとテーブルの上座に向かって歩いていたオリンピアは、ニックがダンスフロアの向こうにいるのを目にした。顔をしかめて人込みを見渡している。遠く離れているのに、彼はめざとくオリンピアを見つけ、彼女の目をとらえた。オリンピアはどきっとし、思わずよろめくように立ち止まった。ほんの一瞬交わした視線にこめられた力が、オリンピアを燃えあがらせた。激しい欲望とともに彼の唇の感触がよみがえり、震える体の中心がすばやく反応して熱くなる。屈辱感にオリンピアの頬はさっと赤くなった。

ニックがフロアを横切って近づいてきた。目つきが険しい。「そろそろ出ようか」

「まだそんなに時間はたってないでしょう」

「もうたくさんだ。きみはひどい花嫁を演じてくれたよ」

「なんのことかわからないわ」オリンピアは言い返したが、その言葉を裏切る自分の行動があれこれ頭に浮かんでくる。食事のあいだ無言でいたこと、ダンスをしたとき口論になったこと、そして一度ならず二度までも彼のそばから逃げだしたこと。

「わかっているはずだ」

恐怖に近い感情がこみあげ、オリンピアは床に目を落とした。「ごめんなさい……もっと花嫁らしくするわ」

「なぜ謝るんだ。ぼくが人の目を気にすると思うのか？」

「どうふるまうべきか頭がまわらなかっただけよ。信じて、もっとうまくやるわ」ますます恐怖心がつのる。ふいに二百人もいる招待客が心強い味方に思え、ふつうの花嫁らしくふるまいそこねてニックを怒らせた自分が理解できなかった。

「今さら遅すぎる。きみは自分でチャンスをつぶしたんだ。ぼくは誇らしい花婿を演じる気持ちをとっくになくしてしまった。さあ、お母さんにさよならを言ってくるんだ」

「もう少し母のそばにいたいわ」

「だめだ」

「とにかく、着替えてこないと」

「そのままでいい。きみの荷物はもうヘリコプターに積んである」

なんですって？　オリンピアは驚き、顔をしかめた。「新婚旅行用の服は別よ。今朝あなたのアパートメントを出る前に、運転手にスーツケースを渡してあるわ」

「きみの指示は変更させた。ウエディングドレスを脱がせるのはぼくの役目だからね」

オリンピアははっと顔を上げた。翡翠色の目が光る。「でも、あなたに言ったはずよ
……」

「きみはいちいち逆らわないと気がすまないのか。ぼくの言うことに耳を貸したらどう

だ」ニックの目が詮索するように彼女の顔を見つめる。「それにぼくは今、楽しく旅立つ気分じゃないんでね」

「楽しく旅立つ？」

「十五分前にこの目で見た。いとこがまた仲よくしたいという優しい思いやりから、もう一度きみに近づいたのを。それなのにカテリーナは邪険にされて、涙ぐみながらきみから離れていった。彼女はみんなを不愉快にさせるようなことは何ひとつ言わず、体調がすぐれないふりをして早めに引きあげていったんだぞ！」

オリンピアは呆然とした。カテリーナがわたしに邪険にされて、涙ぐみながらパーティを中座したですって？　あの人は、今でもわたしを悪者にするチャンスがあれば、すかさず利用するのね。「ニック、誤解よ。わたしは何も言ってないわ」

「きみは本当に根性が悪いんだな。こっちが恥ずかしくなる。でも心配するな。これからぼくが鍛え直してやる」

「あなたはフェアじゃないわ。彼女こそ……」

「きみの言い訳なんか聞きたくない。あと十分で出発するから急いでくれ」

「どこへ行くの？」そういえば、さっき彼はヘリコプターがどうのとか言っていた。

「サザンプトンでぼくの船に乗る。だから最後の十分はお母さんと話をしてくるといい」

オリンピアは祖父と一緒に座っている母のそばに近づいた。母は困惑の面持ちをしている。祖父が眉をひそめて立ちあがった。

「おまえの尻拭(ぬぐ)いをするのが夫に移ったのはありがたいが、わしにも言わせてくれ。公衆の面前で夫を困らせるのはレディのすることではない」

オリンピアは口を引き結び、歯を食いしばった。母があわてて立ちあがり、なだめるように娘を抱きしめた。「プライドにこだわって幸せを逃さないようにね」心配そうな声でささやく。

その瞬間、みじめにもオリンピアは自分が身近な人すべてから非難されているのを悟った。愛する母までが同じ気持ちだとは。これ以上傷つきようがない。それでも彼女は申し訳なさそうなほほ笑みを浮かべた。母を悲しませることだけは絶対にしたくなかったのに。でも、真実を打ち明けられないかぎり、自己弁護は不可能だ。

約束したはずの十分がたたないうちにニックが近づいてきた。オリンピアは歯ぎしりした。今いちばん避けたいのは新婚の夫と二人きりになることだ。そう気づいたとたん恐怖がこみあげ、息が止まりそうになった。

こんな皮肉があるかしら。招待客に別れの挨拶をしながら、オリンピアはぼんやりとそんなことを思った。十年前のわたしは、ニックと二人きりになる機会を待ちこがれていた。あのころのわたしなら、新婚カップルには当然の水入らずのシーンを天にも昇る気持ちで迎えられただろうに……。

5

十七歳のオリンピアは、ニックに夢中だった。そして彼の選ばれた友人たちの一員になれたのを信じられないほどの幸運と思っていた。というのも、メンバーとの共通点は何もなかったし、そのころの彼女は痛々しいほど内気だったから。

ギリシアで過ごしたあの夏、オリンピアはとまどうばかりの異質の世界に足を踏み入れた。そこでは、すばらしく洗練されたティーンエイジャーが、高級車を乗りまわし、ブランドものの服を着こなしていた。ところが、彼らがたいていは信じられないほど無意味な問題で大げさに嘆き苦しむのを見聞きするうちに、いくら金持ちの親に庇護されているとはいえ、彼らには人生の真実が何かまったくわかっていない気がしてきた。そんななかでニックは例外だった。彼は外見がいいだけではなかった。息をのむほどハンサムな顔に、成熟した大人の雰囲気と知性を兼ねそなえていた。

二人がつきあいはじめたころ、ニックが必ず愛車フェラーリで送り迎えしてくれるのは、親切心以外の何ものでもないと思っていた。そんなオリンピアにカテリーナが教えてくれた。スピロス・マノリスはニックの父親と仕事上の関係があるのだと。オリンピアは祖父がニックに孫娘の面倒を見るよう頼んだのかもしれないと思い、憂鬱になった。

「ねえ、今日は誰かほかの人の車に乗せてもらってもいいのよ」あるときオリンピアは言った。

あなたには遠回りだもの、悪いわ、と言ったこともあった。

「無理してわたしの相手をしようと思わないでちょうだい。寂しくはないから。みんなを見ているだけで楽しいもの」両親が留守だからと、ルーカスが家でプールパーティを開いたとき、彼女は心を決めてニックに告げた。

その夜ニックは怒りもあらわにオリンピアをにらみつけ、最後は彼女の望んだとおりほうっておいてくれた。ニックが自分の言葉を聞き入れて魅力的な女の子と踊っているのを見ていたオリンピアは、少しも楽しい気持ちになれないのに気づいて涙が出そうになった。どこかひとりになれる場所で嫉妬を静めたいと思い、家のなかに戻った。

やがて、キッチンにいるオリンピアをルーカスが見つけた。「今夜のニックは別の魚を釣りあげたみたいだね」彼女の赤い目とピンクの鼻を見て、ルーカスは意地悪な喜びを感じた。「ニックは移り気だって誰かに教えてもらうべきだったな。でも、いい考えが浮かんだよ」

オリンピアはルーカスに惹かれたことは一度もなかったが、手遅れになるまでそれがなぜかわからなかった。ルーカスはニックの親しい友人のひとりなのに、ニックに嫉妬していた。自分より裕福で、ハンサムで、人気があるニックを。

「いい考えって?」

「二人でお楽しみをしないか」

「お楽しみって?」オリンピアは当惑した。ルーカスはカテリーナにすっかり参っているはずなのに。カテリーナのほうはさかんにいちゃつくそぶりを見せながら、二人だけで出かけるのは拒否しているけれど。

「そうだ……ぼくもその答えに興味がある」数メートル離れた戸口にニックが立っていた。ルーカスはぎょっとして振り向いた。ニックがギリシア語で何か言うと、ルーカスは顔を赤らめ、二人を残して出ていった。

「彼になんて言ったの?」オリンピアは居心地悪そうにつぶやいた。

「もう一度きみにあんなことを言ったら頭の皮をはいでやると言ったのさ」ニックはオリンピアが握りしめている指をつかみ、決意を固めたようにゆっくり体を引き寄せた。

そして唇を重ねた。軽く優しいキスだった。オリンピアが漠然と期待していた情熱的なファーストキスではなかったけれど、それでも心臓が一瞬鼓動を止め、それから破裂しそうになった。

「きみはぼくのものだ」ニックがため息まじりに言った。「気づいていなかったのかい?」

「あなたのもの？」オリンピアは震える声でささやいた。

「ぼくの恋人だ」

なんとも言えない喜びがこみあげ、オリンピアはその場に倒れそうになった。

「いつもきみを追いかけているのはなぜだと思っていたんだ？」

「ただ優しくしてくれているだけかと」

ニックは声に出して笑った。「ぼくが優しくするのには理由があるんだよ」

ニックとつきあっているのを告白したとき、祖父は満足げな笑みを浮かべた。驚かれなかったことは、そのときまったく気にならなかった。ニックとの関係がそれ以上発展することなく、相変わらずグループでのつきあいにとどまっているのにも、不信感はいだかなかった。ただ、なんとなくカテリーナが冷ややかになったのは感じていたが、ニックに対する思いで頭がいっぱいだったので、それもたいして気にはならなかった。

デートを始めて六週間後、ニックがオリンピアに結婚を申しこんだ。あまりの驚きにオリンピアは呆然（ぼうぜん）とした。

「ぼくは本当にきみのことが気にかかっているんだ。もう少し大人になれば、きっとお互いにふさわしい相手だと思うようになるさ。きみは実に思いやりがある。子供が好きだしね」

あのときのニックにはタイミングを選ぶ余裕がなかった。オリンピアがロンドンに帰るまでわずかな時間しか残されていなかったから。彼は愛しているとは言わなかったけれど、プロポーズするからには愛しているのは当然とオリンピアは思っていた。彼女は控えめな態度をかなぐり捨てた。彼をどれほど情熱的に献身的に愛しているかまくしたてるのに忙しく、彼がその点に関しては口をつぐんでいるのに気づく余裕もなかった。

だがその夜、オリンピアにとってひとつだけがっかりしたことがあった。ニックに家まで送ってもらったとき、プロポーズされたことを言いだす前にすでに祖父が知っていたのだ。

「もちろん、先におじいさんの承諾をもらわなければならないだろう。きみの若さでは早すぎると反対されたけど、ぼくが大学を卒業するまで結婚は待つからと説得したんだ」非難したオリンピアに、ニックはそう答えた。

オリンピアの心の楽園に蛇が侵入したのは、祖父が孫娘のために開いてくれた盛大な婚約パーティの日だった。

「ニックの両親がわたしを気に入ってくださったみたいで、本当にうれしいわ」オリンピアはカテリーナに打ち明けた。

「気に入らないわけがないでしょう」カテリーナはあざけった。「今日のお客さんのなかでマノリス産業の後継者との結婚をいやがる人がいたら、お目にかかりたいわ」

「どういう意味？」

「あなた、自分は父親のいない哀れな身だって演技をするの、いい加減にやめたら？　まったく胸が悪くなるわ。おじいさんがあなたに財産を譲る気でいるのは誰でも知っているのよ」

翌朝オリンピアは、自分を後継者にするという驚くべき噂は本当かどうか、祖父におずおずときりだした。

「ああ、本当だとも。ほかの誰に譲ると思う？」孫娘がショックを隠せずにいるのを見て、祖父は楽しそうだった。「わしがおまえをコザキス家へ嫁にやるのに着るものしか持たせないと思っていたのか？　ニックの父親が、なんの付加価値もない小娘を長男の嫁に迎える契約に満足すると思うか？」

「でも……」

「わしは自分の腕一本でたたきあげた男だ。先祖には世間に名の知れた人間などいなかった。コザキス家は上流社会のなかでもトップクラスにいるかもしれんが、わしは、財産の額でもタンカーの数でも誰にもひけはとらん」

「それはそうだと思うわ」オリンピアは祖父の言葉に完全にあっけにとられた。自分の婚約に夢にも思わなかった特殊な事情が存在していたとは。資産がらみの事情……契約？

「おまえにあの家のレベルに合った持参金をつけてやれるのは、わしの自慢でもある。どちらの家にとっても申し分ない結婚だ。わしが引退するとき、マノリス産業を継ぐ者が必要になる。ニコス・コザキスほど将来を期待できる若者はほかにいない。この先、ニックの父親とわしはお互いに競って儲けを奪いあわず、共同で仕事ができるようになるというわけだ」

その日の午前中、カテリーナが前夜言いすぎたのを謝りたいとやってきた。顔を合わせたとき、オリンピアは憂いに沈んだ顔をしていた。

「持参金だなんて信じられない」オリンピアはうめいた。「中世の物々交換よりひどいわ。今までどうして誰もその話をしてくれなかったのかしら？」

「こういう話の場合、女性は仲間はずれにされるのよ。でも、お金とお金が結婚するのは世間の常識だわ」カテリーナはいかにも現実を知っていると言いたげに肩をすくめた。「あなた、自分がどんなに運がいいかわかってるの？　トロイのヘレンほどの美人でもないのに、ニックと結婚できるのよ」

わたしがスピロス・マノリスの孫でなくても、ニックと結婚できたのかしら？　オリンピアは新たな不安に襲われた。真相を知りたかったが、恐ろしい真実に直面させられるかもしれないと思うと、ニックに莫大な持参金の話を持ちだす勇気は萎えた。しかしその恐ろしい真実は、日増しにじわじわと彼女の心を侵食しつつあった。

ニックは愛しているとは言わなかった。いつもオリンピアのそばにいたいという気もなさそうで、彼女が買い物に行きたいと言うと、自分の母にまかせる始末だ。祖父が商用で留守になった夜、オリンピアは彼を食事に招いたが、ニックは彼女を外に連れだした。ふつうのティーンエイジャーならすぐさま飛びつくようなチャンスを彼は無視したのだ。オリンピアは、それまでに聞いたニックに関する冗談めかした噂や、彼がつきあっていたという女の子の話をすべて覚えていた。ニックが自分の胸に指一本触れようとしない正当な理由として必死で考えついたのは、彼が男性としてあまりにもすてきなので友達が勝手に噂話をでっちあげたのかもしれないということだった。もしかしたら彼もわたしと同じで、まだ性体験がないのかも……。

彼がセックスに控えめなのはそれが理由にちがいない。ある夜オリンピアは思いきってその疑問を彼にぶつけてみた。

「ばかなことをきくな！」ニックは激怒してオリンピアをにらみつけ、フェラーリから飛びだした。まるで自分の男性としての価値を侮辱されたかのように、怒りをこめて両手を握りしめたままあたりを歩きまわったあげく、車のなかにいるオリンピアを苦悩に満ちた琥珀色の目で見据えた。「そんないやらしい考えをどこで思いついたんだ?」

オリンピアは真っ赤になり、口ごもった。「わたし、ただどうしてかと思って。その、わかってちょうだい。あの、わたしたち婚約してるから」

「ぼくはきみに未来の妻として敬意を持っているからこそ、結婚式の夜まで待つつもりだったんだ。きみがギリシア人なら、こんなことを言って聞かせなくてもすむのに」

オリンピアはニックと視線を合わせられなかった。彼が自分と違う世界の人間だと感じたのは初めてだった。今の質問をする権利はあったと頭ではわかっていても、はしたない奔放な娘だと言われている気がしてならなかった。

「なんでこんな話になるのか、わけがわからない」ニックの声がかすれた。「間違った印象を与えてしまったのはぼくの責任かもしれない……きみはバージンなのか、オリンピア?」

「そうよ」彼女のなかで怒りと困惑と不安が交錯した。

ニックは文字どおり息を詰めてその答えを待っていた。バージンかどうかが彼にとって大事な問題なのだと、そのときになってオリンピアは気づいた。そして落ち着かなくなった。わたしはまだ十七歳だけれど、もしバージンでなかったら婚約はどうなったのだろう? もし体験ずみだったら? ニックは同じ態度でわたしに接しただろうか? それでも結婚を申しこんだ? それはありえないとなぜかオリンピアは確信した。彼が愛してくれるとは信じられなかった。

「ばかばかしい」ニックは運転席に戻り、組みあわせたオリンピアの両手に手を伸ばした。「本当にばかげてるよ。でも、きみがあんまり恥ずかしがりやだから、まさかこんな話を持ちだすとは夢にも思っていなかったんだ。魔がさして疑ったのはほんの一瞬だけど、どんな男だろうと絶対にきみに触れさせたくないと思っている」

それはとても奇妙な感情だった。心から彼を愛しているし、彼の考えを理解しようと必死になっていながら、かつてないほど強烈な怒りがオリンピアのなかにこみあげた。彼も未経験かもしれないと一瞬でも考えたわたしは、なんてばかだったのだろう！　清純で誰の手も触れないことを要求されるのはわたしだけなんだわ！　彼はすでに楽しんでいるものを、わたしには禁じているのだ。わたしがこれから二年間、結婚の夜まで待ちつづけるのは当然だと思っている。

「もし……待ちつづけて結婚して、そのあとでお互いが合わないのに気づいたら、どうなるの？」オリンピアは自分でも思いがけない質問をいきなりきりだした。

ニックは彼女の手に触れていた手をさっと引っこめた。すでに終わりにしたと思っていた話題が蒸し返されただけでなく、反論までされて、不愉快だった。「いい加減にしろよ！　まったく……今日はどうしたんだ？」

危険な論争をそれ以上発展させなかったが、オリンピアの胸に初めて彼に対する反発の火種が芽生えた。ニックはわたしを束縛しようとしている。そんなのはごめんだわ。ニックが〝さあ、もう結婚したから性的な関係を望んでもいいよ〟と言うまで純潔のままでいるのが当然だなんて。わたしは彼の持ち物ではない。愛しているけれど、彼の所有物になるのはまっぴらだ。

ぞっとする追憶に浸っていたオリンピアは、ニックとダミアノスと三人でロンドンから乗ったヘリコプターがサザンプトン港に下降しはじめたころ、ふとわれに返った。クルーザーの上に設けられた簡易発着場にヘリコプターが舞いおりたとき、オリンピアは船の巨大さに息をのんだ。オーロラ号の細長い超現代的な船体は、オリンピアに言葉を失わせた。ニックは昔から海が好きだった。でも十年前はオリンピアを海に連れだそうとしなかった。一度も船に乗せてくれたことはない。カテリーナに言われたものだ、あなたが船遊びに誘われないのは驚きだけど、それにはちゃんと意味があるのよと。

ヘリコプターから降りる段になって、ウエディングドレスの裾をたくしあげながら、これほどこの場にそぐわない服装もないとオリンピアは思った。先に飛びおりていたニックが振り返り、オリンピアを両腕に抱きとめた。そして抗議の悲鳴も無視して甲板を歩きだした。

スマートな制服を着た年輩の男性が笑顔で二人を迎えた。ニックは動じることなく、オリンピアを抱いたまま船長だと彼を紹介し、なおも歩きつづける。贅沢な座席と天蓋がそなえつけられたすばらしいサンデッキを抜けて入ったのは、四方に窓がある大きな部屋だった。船といえば小さな丸窓があるだけと思いこんでいたオリンピアは、床まで届く窓とみごとなカーテンに目を奪われた。

「ここがメインの部屋だ」ニックは彼女を毛足の長いカーペットの上に下ろした。

「船とは思えないわ」オリンピアは彼と二人きりになった困惑を一瞬忘れ、豪華な家具や絵や美しく飾られた花を感嘆の目で眺めまわした。

「必要なものはすべてそろっている。だから、なんら不便を感じることなく長期間ここで仕事をしながら生活できる」

オリンピアは窓のそばに寄った。「ずいぶん大きな船ね。長さはどのくらい?」

「百十五メートル。明日、視察させてあげるよ」ニックが物憂げに言った。

明日ですって。オリンピアは口のなかがからからになった。船内の案内を明日まで延ばすのは、わたしが考えたくないあることを意味しているはずだ。彼女は肩をいからせ、顎をつんと上げて、おもむろに振り向いた。

ニックがじっと見つめていた。濃いまつげに縁どられた輝く目がエロチックな光を放ち、彼女の緊張した体を見下ろしている。「花嫁姿のきみはすごくきれいだ、ぼくの奥さん」

「お願いだから、やめて。そんな言葉はあなたにとりすがって哀願する女性たちのためにとっておくといいわ」オリンピアの頬が怒りで染まった。彼が自分を見つめる目つきが不快でたまらない。彼の言葉は残酷なあざけりにしか聞こえない。彼は、跡継ぎの息子を作るためにベッドに誘おうとしてお世辞を言っているのだ。

「なんだって?」

「聞こえたでしょう」オリンピアは絶望をつのらせながらも、反抗的な目で彼をにらみ返した。結婚初夜の問題をここで話しあわないわけにはいかない。オリンピアは自分に言い聞かせた。もう一度わたしの立場をはっきりさせなくては。ニックはギリシア人、骨の髄まで頑固だ。今夜わたしの寝室に彼が期待を持って入ってくるなんていや。これ以上彼がすべてにおいて優位だと思いこませたら、それが誤りだと気づかせるのはますます難しくなる。

「今日、きみはぼくの妻になった」ニックが不気味なほど優しい声でささやいた。

「そうよ。でも、あなたとベッドをともにする義務はないわ」オリンピアは一気に言った。

「つまり無理強いされるいわれはないってことよ」

「よくわかった」ニックはそっけなくつぶやき、くるりと背を向けて歩きだした。

鋭く突き刺す視線から逃れたオリンピアは、まさに骨抜きにされたような状態だった。頭がぼうっとしている。勝ったんだわ。一瞬その現実が信じられなかったが、常識を働かせれば確信できた。わたしが勝つのは当然よ。ニックは現代に生きる文明人。跡継ぎを産めと言ったのは、自分の力を見せつけたいからだ。これからは気を強く持って、彼がいくら圧力をかけてきても、いやなことはいやとはっきりした態度をとろう。

「来ないのか?」

勝利に酔いしれていたオリンピアはわれに返り、ニックが振り返って見ているのに気づいた。

「あら……」いったいどこへ行くの？　きっとわたしを人目につかない場所へ連れていって、代わりに大勢のガールフレンドのうちのひとりと船を出すんだわ。わたしが最初に提案したように、別居暮らしをする決心をしたのかしら。ニックに追いつこうと足を速めながら、彼女は奇妙にも胸に穴があいたようなうつろな気持ちになった。

「きみはこれ以上気を変えることはできない」追いついたオリンピアにニックが言った。

「それでよかったと思えるよう祈るよ」

「わたし、自分が何をしているかちゃんとわかっているわ」オリンピアは満足げに言い返した。

ニックが前方に駐機しているヘリコプターのまわりで作業していた三人の男に合図すると、全員が仕事の手を休めた。近づいてきたひとりはさっきのパイロットだった。ニックはその男にギリシア語で何か命じた。男は驚きを隠さず、少ししてから了解しましたというように頭を下げた。それから、ほかの二人に指図するためにヘリコプターのほうへ戻っていった。

「きみは実に勇敢だな……」ニックがなめらかな声でゆったりとつぶやいた。「物笑いの種になるんだぞ」

オリンピアは当惑し、眉をひそめた。「物笑いの種ってなんのこと？」

「きみをロンドンに連れ帰って、おじいさんに突き返したら、結婚式に招かれた客の半分はぎょっとするだろうが、残りの半分は面白がるだろうよ」

　オリンピアは彼の挑戦的な目をただ見つめるしかなかった。

「結婚式からマスコミを締めだすよう手は打ったが、こんな異常なニュースはきっと世間にもれるにちがいない。きみのおじいさんもお母さんも肝をつぶすだろう。だけど、結婚を完璧なものにするのを拒む花嫁を突き返すのはぼくの正当な権利だと認めてくれるはずだ」彼は声を荒らげもせず、怒りも見せない。淡々と当然のように話している。

「ま、まさか本気じゃないでしょうね」

「どうしてそう思うんだ？　結婚してまだ数時間なのに、きみはぼくをばかにしつづけている。契約を結んでおきながら違反した。どうやら結婚する相手を間違えたようだな」

「そんなふうにわたしに恥をかかせるなんて許さないわ」

「泣いてもわめいてもきみを返しに行くよ」

「あなた、頭がおかしくなったのね。お客さんの前でそんな醜態を演じるなんて中世に逆戻りだわ。あなたにできるものですか」

「ぼくが何を失う？　もしきみが契約に違反するなら、ぼくもすべてを白紙に戻す。ぼくはギリシア人だ。負けるより勝つほうが得意なのさ」

　オリンピアは青ざめた。「あなたはフェアじゃないわ」

「フェアにやると誰が言った？」

「あなたは勝手に決めた契約条件を、わたしに無理やり同意させたのよ。母にいろいろ話すって脅迫して」

「自分の犯した罪を先に考えてみるんだな。ぼくのオフィスに乗りこんできて、結婚してくれと哀願したじゃないか」

「哀願なんかしてないわ！」

「したよ」ニックの言い方はそっけない。

苦痛と不安がオリンピアの胸に広がった。「わたしたち、こんなふうになるはずじゃなかったのに」

「ぼくはこんなふうでいいんだ」ニックがすかさず言い返す。

オリンピアはヘリコプターを眺めた。何千キロも離れたところにあるほど遠い存在に思える。彼女はヘリコプターに背を向けて主船室に引き返し、息が詰まりそうになりながらも言うべきことを言った。「わたしの部屋を見たいわ」

ニックが呼び鈴を押した。ボーイが現れ、オリンピアはその後ろに従った。

オーロラ号が豪華なクルーザーだという第一印象に間違いはなかった。ジムに図書室、水のきらめくプール。案内された特別室はすばらしい装飾がほどこされていた。入口以外にドアが二つある。ボーイが行ってしまうと、オリンピアはみごとなフラワーアレンジメントとシャンパンの入ったアイスペールを見て顔をしかめた。

次に更衣室を調べてほっとした。衣装だんすには自分の服しかかかっていない。ニックは少なくとも部屋を一緒にする気はないのだ。彼女はバスルームをのぞきに行った。大理石張りの豪華さに息をのむ。洗面台の上の鏡に何か書いてあるのに気づくまで数秒かかった。

オリンピアは眉をひそめて近づいた。〝あなたに勝ち目はあるかしら！〟磨きこまれたガラスの表面に下手な字が書かれている。

勝ち目って、誰に勝つの？　いったい……。

困惑した目が読みかけで置いてある雑誌にとまった。一ページを占めているのは、挑発的なポーズのブロンド美人の写真だった。ジゼル・ボナーとキャプションがついている。オリンピアは体が震えるほどのショックを受けた。頭に指令が浮かぶ。鏡の文字を消して、雑誌は読まないで捨てなさい。だがオリンピアは指令を無視した。

ジゼルはストラップのついたかなり丈の短いドレスを着ている。背中はむきだしで、ほかの部分もたいして変わりない。しなやかな金色の体をあますところなくカメラがとらえている。脚は信じられないほど長く、高い頬骨に淡いブルーの大きな瞳が目を引く。高級な口紅の広告で見るたぐいの唇をしている。赤みがかったブロンドの髪はまっすぐで、シルクの布をたらしたようだ。

オリンピアは火傷（やけど）でもしたように雑誌から身を引いた。見てはだめ、読んじゃだめ。心の声がする。だが、反対側のページに何が書いてあるか読みたい気持ちを抑えることはできなかった。それは、有名モデルで、ギリシアの大物実業家ニック・コザキスの長年の〝お相手〟ジゼル・ボナーに関する記事だった。彼女は三十二歳で、この先も絶対に結婚しないと言っている。その理由は自由を愛しているし、子供が嫌いだからだとか。オリンピアは震える手を伸ばしてページをめくった。カンヌ映画祭に出席したジゼルが大蛇のようにニックに体をからませている写真が現れたとき、見なければよかったとつくづく後悔した。

背後ではっと息をのむ気配がした。驚いて振り返ると、若いメイドが戸口に立っていた。目は鏡に書かれた文字に釘づけで、片手を口にあてている。早口のギリシア語で謝罪の言葉を繰り返している様子から、いたずら書きに責任をとらなければならない立場らしい。メイドはあわてて鏡をタオルで拭き、文字をこすってきれいにしようとしている。

オリンピアは片言のギリシア語で彼女を慰め、個室に戻った。ひどい気分だ。雑誌をつかんだメイドが小走りに出てきた。オリンピアはため息をもらした。つまり、オーロラ号にはジゼルの息のかかった者がいるというわけだ。乗組員の誰かがお金をもらって、雑誌といたずら書きを請け負ったにちがいない。そのとき、披露宴で会ったカテリーナの言葉が脳裏に浮かんだ。ニックの花嫁にいやがらせをしたかったのはジゼルじゃなくて、カテリーナかもしれない。

〝あなたに勝ち目はあるかしら！〟ですって。ふつうの女性なら、あれほどの美人に勝てると思うわけがない。

オリンピアは張りあう気もなかった。ニックのつきあっていた女性などわたしには関係ない。オリンピアは化粧台に向かって崩れるように座った。髪の重みで頭が痛い。今朝結いあげた髪を押さえていたピンを手早く抜いていく。もつれた髪をとかそうと銀のブラシを持つ手に力をこめた。髪の毛が引っ張られて涙が出そうになる。

彼女は立ちあがって手を後ろにまわし、ウエディングドレスのファスナーを下げた。ドレスを半分脱いだとき、ドアの開く音がした。オリンピアははっと振り返り、いきなり入ってきた失礼な相手に怒りの声をあげようとした。そのときドレスがずるずる滑りかけたので、必死で指を広げて食い止めた。落としたら上半身があらわになってしまう。というのも、ドレスのボディは硬い芯(しん)を入れてかっちりした作りになっていたので、ブラをつける必要がなかったのだ。

ニックは戸口から一歩入ったところに立っていた。ドアはまだ半開きになっている。

オリンピアは口のなかがからからで、頭が真っ白になった。目を見開いて彼を見つめるしかない。

「ディナーに同席する気があるかどうか、ききに来たんだ」妙にかすれた声でニックが言った。

6

「ディナー?」オリンピアは震える声できいた。「十五分後だ」

ニックの目はオリンピアに釘づけになっている。オリンピアも、どうしようもなくニックに惹かれる自分を感じていた。山猫のようにしなやかで優雅なニック。黒いディナージャケットが肩幅の広さを強調し、仕立てのいいズボンが細くしまった腰と長くたくましい太腿を際立たせている。

これ以上彼を拒むなんて無理だ。引きしまった浅黒い顔から目をそらすこともできない。

「十五分……」オリンピアはどぎまぎして彼の言葉を繰り返した。あとずさりして肩でドアをばたんと閉めるニックに神経を集中させる。

「ぼくはもう食事なんかどうでもよくなった」

「どういうこと?」オリンピアは口ごもった。膝が震えている。

「ああ……きみはまるでギリシア人が崇める女神みたいだ」

崇めるですって? オリンピアは鏡に目をやった。これまで見たこともない姿が映っている。そういえば、さっき髪をほどいたんだわ。赤褐色の髪がカーテンのように波打ち、ウエストまでたれている。一方の肩にはまだドレスがかかっているが、もう片方の白い肩があらわになり、胸の前で組んだ腕が谷間を強調している。

「ぼくを見るんだ」ニックがこわばった声でうながした。

オリンピアははっと顔を上げ、金色に輝く目と視線を合わせた。そこにむきだしの欲望を見て、彼女は息をのんだ。

「行って……」

「こんな状態でテーブルに着けると思うのか?」ニックは上着を脱ぎ捨てた。蝶ネクタイをすばやくゆるめ、白いシルクのシャツのボタンをはずしていく。「いくらきみだって、そこまで残酷にはなれないだろう」

「わたしが……残酷?」彼女は呆然とした。

「現実に目を向けさせてやろう。十年前、きみが純潔で上品な娘を演じて、ことあるごとに自分の無邪気さをアピールしていたとき、ぼくは地獄の苦しみを味わった……強烈な欲望を感じながら、そいつをどうすることもできなかったんだ! きみはそれを面白がっていたのか?」

「面白がるですって?」オリンピアは信じられない思いで彼の目を見返した。ニックは、あのころのわたしには女性として魅力があったと言っているのかしら。彼の言葉は、今まで信じてきたこととまったく逆だ。

「きみはいつでもぼくの欲望をそそる存在だった。きみとデートした夜は眠れなかった。結婚したらどんなことができるか想像するのさえつらかった。セックスを許されないデートに慣れていなかったから、まるで拷問だった。本当につらかったよ」

　オリンピアはあえいだ。感情を隠すこともできなかった。「まさか。あなたがそんなふうに思っていたはずがないわ」

「ぼくはこれ以上苦しみを味わうつもりはない」ニックはかすれた声で思いをぶつけ、オリンピアに近づいて背後から抱きすくめた。「なぜなら、きみもぼくを欲しいと思っているからだ、ダーリン（ベティ・モ）」

「思ってないわ！」

　ニックがむきだしの肩に口づけをした。燃える矢が刺さったように彼女の全身に炎が広がる。「今さら昔のことで嘘（うそ）をついてどうなる？」

「嘘なんかついてないわ！」

　ニックは唇を巧みに肩から耳の下の敏感な部分に這（は）わせた。オリンピアは脚を震わせ、頭をのけぞらせて彼の胸にもたれた。

「きみも身を焦がすほどぼくが欲しかったと言ってくれ」

　ニックが彼女の柔らかな肌に軽く歯を立てると、オリンピアは激しく体を震わせ、くぐもったうめき声をあげた。彼の行為はオリンピアの理性をすべて吹き飛ばした。そして鏡に映った二人の姿が、彼女を夢見心地にさせた。ニックが誇り高きハンサムな顔をうつむけ、自分は身をのけぞらせて彼に支えられている。それはティーンエイジャーのころ何千回となく空想した幻の光景だった。彼女は興奮に息を止め、白い胸の前で組んだ自分の腕に浅黒い手が伸びてくるのを見ていた。

「オリンピア……」

「あなたは思い違いをしているわ」

「何も間違ってないさ。十年前、きみはぼくにつらい思いをさせた」

彼に胸の前で組んだ腕をほどかれるとき、オリンピアに抵抗する力はなかった。呼吸もままならない。もう一度鏡に目をやると、ドレスが滑り落ちて、突きだした胸があらわになっていた。恥ずかしさと興奮のどちらが大きいのかわからない。

「ああ……すばらしい」ニックがうめいた。それはまぎれもなく本心からの言葉に思えた。彼は張りつめたふくらみを両手で覆い、固くなったその先端を親指で巧みに愛撫する。

「ニック……」オリンピアは歯を食いしばった。芯まで熱くなり、体がとろけてしまいそうだ。

「ああ……ニックだよ」

彼はオリンピアの腰にかかっていたドレスを床に落とした。彼女はシルクのストッキングと青いガーター、ビキニショーツだけになった。そんな自分を見て、肌が熱くなる。

「十年待ったかいがあったのは間違いない」ニックは満足げにオリンピアを抱きあげ、ベッドに横たえる前に、ゆっくりと官能的なキスをした。「さあ、ぼくが欲しくないと言ってみろ」

言えなかった。すでに与えられた以上のものが欲しい。「言えないわ……」

ニックはちらりと笑みを浮かべた。シャツを脱ぎ捨て、筋肉の盛りあがったたくましいブロンズ色の上半身を見せつける。彼の手がズボンにかかり、ファスナーが下ろされた。彼がすべてを脱ぎ捨てると、オリンピアは息をのんだ。これまで想像するしかなかったものが目の前にある。オリンピアは圧倒され、顔を赤らめて横を向いた。だが今見たものはしっかり目に焼きついていた。恐怖と興奮がせめぎあう。

「まさか男の体を初めて見たふりをするつもりじゃないだろうね」荒々しい笑い声がもれる。「それとも、つきあった男のなかに上品ぶって恥ずかしそうにすると喜ぶやつでもいたのか?」

「おかしくもなんともないわ!」オリンピアは言い返した。

ニックはベッドに体を伸ばし、彼女を腕に抱き寄せた。「悪いことを言ったな。でも何か腑に落ちないんだ。それで調子が狂って」

きっとわたしがびくびくしているのが予想外なのね。オリンピアは彼の言葉をそう解釈した。ニックは彼女を抱いたまま枕にもたれた。彼女の体はすっぽりとニックに包まれた。柔らかい胸が固い胸に押しつぶされ、麝香の香りが鼻をくすぐる。

「ぼくは寝室で乱暴なまねはしない」ニックがささやいた。

オリンピアは身を震わせた。しなやかで強靱な体から熱が伝わってきて、鋭いうずきが渇望感をいや増す。「本当に?」

「本当だ……だから震えるのはよせ」ニックは長い指を彼女の髪にからませ、顔を引き寄せて貪欲にキスをした。

そのキスこそまぎれもない誘いだった。オリンピアは胸を高鳴らせ、彼にしがみついた。ニックが頭を下げて、固くなっている胸の頂を口で探る。彼女はあえぎ、背中をそらして激しく反応した。

「これが気に入ったのか。今まででいちばんいい思いをさせてあげるよ」

「お願い……」

ニックは最後に残っていたショーツをはぎとり、太腿のつけ根を指で探った。オリンピアは身をよじらせた。ニックの巧妙なやり方に、体が熱く燃え、苦痛にも似た喜びにわれを忘れる。呼吸が苦しく、何も言えなかったが、全身で今の気持ちを表していた。

ニックが上に覆いかぶさり、脚のあいだに身を落ち着かせた。「きみは夢中になると、コントロールがきかなくなるんだな。やっとわかったよ。きみがぼくにくれるはずのものをいとも簡単にルーカスにくれてやったわけが!」

ルーカス?　その名前はオリンピアをぎょっとさせた。けれど、彼が何か怒っているのは肌で感じられたものの、彼が何を言っているのかはよくわからなかった。

「どうかしたの?」

「別に……きみはすばらしいパートナーだ。情熱的でぼくを歓迎してくれる」

そしてニックは力強く、一瞬のうちに彼女のなかに侵入した。初めての経験にオリンピアはぼうっとなった。だが直後に鋭い痛みを感じ、悲鳴をあげて体をこわばらせた。

ニックは動きを止め、身を引いてしげしげと彼女を見つめた。「まさか!」

痛みはすでに消えかかっていた。オリンピアは緊張を解いた。

「バージンのはずはない」

「ニック、お願い……」

歯を食いしばり、うめき声を発して、ニックはさらに深く彼女のなかに侵入した。耐えがたいほどの喜びに、オリンピアは叫び声をあげた。

それは想像をはるかに超えていた。彼が作りだす荒々しいリズムは、オリンピアに強烈な興奮を呼び覚ました。胸をどきどきさせ、体を燃えあがらせ、彼女はすすり泣きながら絶頂へと押しあげられていった。そしてめくるめく頂点に達したとき、次から次へと押し寄せる解放感の波がオリンピアの体を震わせた。

すべてが終わったとき、オリンピアはただ呆然としていた。ニックに寄り添っていると、満たされた気持ちが苦しいほどの喜びに変わっていくのがわかる。彼が眉に優しくキスをする。彼の腕に抱かれているのはとても気持ちがよくて、今までになかった親密感が得られた。ニックが初めての男性だとわかってもらえただろう、彼女は心の奥で確信していた。ニックは十年前にわたしがルーカスと関係を持っていなかったのを認めるはず。

ふいにニックが身を引き、ベッドから飛びおりた。オリンピアはあっけにとられ、眉をひそめた。彼はアイスペールからシャンパンの瓶をとり、コルクを抜いた。

「いやはや……なんとも。ぼくが初めての相手だと言わなかったのは、まあ、当然だろうな。きみは、自分がバージンならすべて許されると思っていたのは間違いない」ニックはグラスのひとつだけにシャンパンをなみなみとついだ。

グラスを持つ彼の手がふらふらしている。オリンピアはベッドの上に身を起こし、胸元までシーツを引っ張りあげた。どうしてこんな言いがかりをつけられるのか、わからない。ただまじまじと彼を見つめるばかりだ。

ニックは水でも飲むようにシャンパンを一気にあおった。空のグラスをテーブルにたたきつけ、ようやくオリンピアに視線を移す。「ベッドのなかでおとなしかったのも無理はない。ぼくが土下座して許しを請うと思っていたんだろう」

「正直言って、あなたが何を言おうとしているのかわからないわ」

「わからないだって？　こんなことでは何も変わらないんだぞ。どうやらカテリーナがきみとルーカスがこそこそやっているのを見つけたとき、二人はまだ目的を達していなかったらしいな。でも、だから自分は潔白だと言えると思ったら大間違いだ。ぼくを裏切り、名誉を傷つけたんだからな」

オリンピアは彼がまた十年前の事件に勝手な解釈を加えたことで当惑し、今になって初めて知りたくないと思っていた事実に向きあった。「あなたは本当にわたしを憎んでいるのね」

「自分のしたことを考えてみれば、それ以外ありえないだろう」ニックはズボンをはきながら、落ち着かない声で笑った。「きみはみんなの顔に泥を塗ったんだぞ」

オリンピアは愕然(がくぜん)としたが、愛しあったあと眉にそっとしてくれた優しいキスの感触は忘れていなかった。「でも……たった今わたしを愛してくれたばかりなのに……」

「愛しただって？　きみはそう思っているのか？」さげすみもあらわにニックの唇がねじれた。「ぼくは契約を遂行したまでだ。きみの体にはいまだに興奮させられるが、ぼくたちが今分かちあったのはセックスでしかない。前にも言っただろう、お互いに楽しんだとしても、ぼくにこれ以上何も期待しないでくれ」

オリンピアは凍りついたように座ったまま、冷ややかに口をつぐんで彼の目を見返した。顔から血の気が引いていく。

「今のきみは、ルーカスと一緒のところを見つかった次の朝と同じ顔をしている。冷静そのものだ。きみには誠実さどころか、節操のかけらもない。ぼくが憎むのは、きみが自分の行為を恥ずかしいと思っていないからだ」

オリンピアは最後に残った力を振りしぼって言った。「今月中に妊娠するよう願うわ。こんな場面は退屈だけど、それなりに面白かったわよ。あなたは二十九歳にもなってまだ過去にこだわっているのね。わたしは、ほかのたわいない出来事と一緒にとっくに忘れていたのに」

憎悪に満ちた目でにらまれ、オリンピアは殴られでもしたようにびくっとした。

「ぼくに逆らうときは気をつけたほうがいい。きみのせいであまりにも大勢が傷ついた。二度と同じまねはさせないからな」

ニックは大股に部屋を出ていった。オリンピアはベッドから飛びだし、彼が残していった衣類を全部かき集めてドアの向こうにほうった。乱れたベッドからシーツをはぎとり、素肌に巻きつける。それからグラスにシャンパンをつぎ、ずたずたになった神経を静めてくれるのを願った。

だがどんなに願っても、ニックの心に憎悪を植えつける結果になったあの夜の記憶を頭から締めだすことはできない。彼はわたしを憎悪している。彼女は身震いしてベッドに戻り、十年前の記憶をたどってみた……。

あの朝、オリンピアはカテリーナに買い物に誘われた。

「信じられないわ、あなたはどこまでニックの言いなりになるつもり?」カフェでコーヒーを飲みながらカテリーナが言った。「今夜、ニックがあなたを残して遊びに行くのだってそうよ。もしわたしにニックみたいにすてきな婚約者がいたら、自分だけでナイトクラブに行くなんて許さないわ」

「わたし、婚約者ならどこへでも連れていくべきだとは思ってないの」

「どこへでもですって?」カテリーナは皮肉っぽく言い、目を丸くした。「セーリングに一度も連れていってもらってないじゃないの。彼がお父さんの仕事の手伝いでパリに行ったときも、置き去りだったし。ねえ、今夜男の子たちを驚かせてやりましょうよ。クラブに押しかけて、勝手なまねはできないって思い知らせるのよ」

最初オリンピアは話に乗らなかった。その日の午後ニックが電話してきたとき、率直に連れていってほしいと言ってみた。彼はオリンピアが若すぎるからだめだと言った。そこで彼女は、連れていかないならカテリーナと一緒に行くと脅した。

「だめだよ。カテリーナの家族だっていいとは言わないだろう。ぼくたちは、クラブに行くときは仲間でまとまって行くんだ。そうすればお互いに安心だから」

「でも今夜は連れていけないって言ったでしょう」

「今夜は男だけと決まっているんだ」

二人は口論し、初めて相手に怒りを覚えたまま電話を切った。オリンピアはすぐにカテリーナに電話し、夜のパーティに押しかけようという提案に同意した。カテリーナはいかにも楽しいことのように言ったが、クラブの外でタクシーを降りたころには、喧嘩の仲直りをしたいというのがオリンピアの正直な気持ちになっていた。

二人がまず見つけたのは、ひとりで座っているルーカスだった。テーブルの上にはニックの車のキーが置いてある。オリンピアがほかの男の子たちの居場所をきくと、ルーカスは口ごもり、みんなはどこか違う場所のパーティに行ったようだと言った。

オリンピアが腰を下ろしかけたとき、カテリーナが息をのんだ。「あら、いやだ」

オリンピアは彼女の視線の先を追い、ニックを発見した。柱に寄りかかった婚約者は、くすくす笑うブロンド美人を腕に抱くところだった。ニックは女性を激しく抱きしめ、次の瞬間には、セックスに飢えた獣のように彼女に覆いかぶさった。オリンピアと一緒のときは一度も見せたことのない情熱的なふるまいだった。色っぽいブロンド美人はそれを大っぴらに楽しんでいる。

「あの人……誰なの?」オリンピアは信じられない思いだった。

「ラモーナよ。ニックの前の恋人で、イタリア人のモデル……ねえ、気づかれないうちにここを出ましょうよ」カテリーナは急いでニックのキーをつかみ、オリンピアの無感覚になった手に握らせた。「外に出てどうするか相談しましょう。ここで騒ぎを起こしちゃだめよ」

混乱していたオリンピアは、すごい勢いで急きたてられ、逆らうこともできなかった。しかし出口から数メートル離れたところで、カテリーナが急に立ち止まった。

「ねえ、ニックが気分転換して楽しんでいるのを見てうれしくなかった？」

オリンピアは友人の光る目と視線を合わせ、聞き違いだと思った。「何を言ってるの？」

「ニックがあなたのことを本当はどう思っているか、教えてあげましょうか。彼から聞いたのよ。あなたは太っていて、鈍くて、魅力がないんですって。でも体重と同じ重さの金塊の価値があるってわけよ」

あまりのショックに、オリンピアは相手をまじまじと見返すだけだった。

「あなたのおじいさんとニックのお父さんは、あなたがアテネに到着しないうちに結婚を決めていたのよ」カテリーナはさげすむように笑った。「マノリス産業の後継者じゃなかったら、あなたなんかなんの価値もないわ。ニックがもっとすてきな人と楽しもうとしても、責められないでしょう？」

オリンピアは、信頼していた友人がこれほど悪意をいだいていたのに愕然とした。きびすを返して駐車場に走り、仕組まれていたとおりニックのフェラーリに逃げこむなり、わっと泣きだした。カテリーナの言葉に心臓をえぐられたと同時に、自分より十倍もきれいな女性とからみあっていたニックの姿が脳裏に焼きついて離れない。

カテリーナの意地悪な言葉は、もしオリンピアがニックとの関係で怖くてきけずにいたことに符合しなかったら、気にせずにいられたかもしれない。彼は出会ったとたんオリンピアに興味を示し、プロポーズもあまりに性急だった。禁欲的な態度も、わたしに性的魅力がないと言われれば説明がつく。ニックは愛情など感じたことはなく、いとこのカテリーナと二人でわたしを笑い物にしていたのだ。ひたすら彼を信じていた自分はなんて愚かだったのだろう。オリンピアはこのまま死んでしまいたいと思ったほどだった。

車に乗りこんでしばらくしたとき、運転席のドアが開いた。ニックだと思って体を硬くしたが、横に滑りこんできたのはルーカスだった。「こんなことしたくなかったけど、来てしまった」彼がかなりアルコールを飲んでいるのはたしかで、ろれつがまわっていなかった。「きみは誰にとっても目ざわりなんだよ。なぜギリシアに来たんだ?」

「あなたに言われる筋合いはないわ」

ルーカスは鼻で笑った。「ところが大ありなんだな……知らないのか? マノリスとコザキスが合併すれば、ぼくの親父(おやじ)の会社にとっては一大事だ、もう太刀打ちできなくなる。あまりにも大きくなりすぎるからな」

「合併なんてあるわけないわ」オリンピアは震える声でつぶやいた。

沈黙が流れ、ルーカスは座席の背に頭を預けた。

そのときカテリーナが現れ、勝ち誇った笑いを浮かべた。「思ったとおりだわ。わたしがこれからニックにどんな話をするかわかる?」

「あっちへ行って……二人とも、いなくなって!」オリンピアは完全に打ちのめされていた。

「話はまだ終わってないけど、あなたとニックは終わりね。保証するわ。でも、万一あなたがニックとあのブロンドがいちゃついていたのを許そうと思っている場合にそなえて言っておくわ。わたし、これからニックのところへ行って、あなたとルーカスが車のなかでお楽しみの最中だったのを見たって話すつもりよ」

「すまないね」ルーカスがだみ声で応じた。「あくどい手口かもしれないけど、こうするしかなかったんだ」

「なぜこんな下劣なまねをするの?」オリンピアはどうにも信じられない気持ちでカテリーナを見つめ、車を降りて真正面から向きあった。

「あなたって本当にばかね」カテリーナはルーカスに聞こえないよう声をひそめた。「あなたが割りこんでくるまで、ニックとわたしはつきあっていたのよ。あなたがいなくなったら、ニックは誰のほうに向くかしら?」

オリンピアは最後の頼みの綱を失った。ここまで打ちのめされた今、ニックと顔を合わす気になれない。ニックやルーカス、カテリーナから離れたい。みんながわたしを裏切っている。カテリーナとルーカスの乗ったフェラーリを残して、オリンピアは駐車場を出た。

祖父の屋敷に戻るのは気が進まず、最後には公園に入ってベンチで夜を明かした。
そして朝の七時ごろやっと家に戻った彼女を、ニックと祖父が待ちかまえていた。すでにオリンピアは感覚を失い、ぼろぼろになったプライドに支えられていた。ニックとスピロスにどれだけ怒られても、カテリーナの嘘やルーカスとの関係を疑われたことなどまったく気にならなかった。彼女は予定より早くロンドンに送り返された。

おぞましい夜の追憶からわれに返ったオリンピアは、自分がすでにシャンパンを二杯飲みほしているのに気づいた。最悪の気分だ。空っぽの胃にアルコールを流しこむなんてばかだわ。オリンピアは自分を叱った。ニックがまたわたしの人生に戻ってきたというのに、どうして彼にあたり散らしてすべてをぶち壊してしまったの?

それにしても、なぜベッドが揺れているような気がするのかしら。シャンパンのせいかもしれない。オリンピアは立ちあがり、よろめきながら大理石張りのバスルームへ向かった。

お湯を満たしたバスタブに浸かり、ニックの衝撃的な告白について考えてみる。彼は十年前に、みっともない娘だったわたしを抱けない欲求不満で眠れない夜を過ごしたと言っていた。そんなはずがない。正式な婚約をしていたのに、あのときのニックはわたしのまわりにバリアでもあるみたいによそよそしくふるまい、つらい思いをさせたのに。

もし今夜彼がどれほどわたしの体を欲しがっているかはっきりと示さなかったら、わたしは彼を嘘つきと呼んでいただろう。彼の欲望の強さを感じたからこそ、わたしは理性を捨てて彼に身を投げだしたのかしら。ニックにとって自分が充分魅力的だとわかったことで抵抗をやめたんだわ。わたしのどこかに、太った魅力のない娘と言われたときの痛みと屈辱が残っていたにちがいない。

バスタブから出たとき、めまいに襲われた。タオルを体に巻きつけたとたんバランスが崩れ、どさっと床に倒れた。オリンピアは悲鳴をあげた。横たわったまま、苦痛と自己嫌悪に涙がこみあげる。

「ああ、なんてことだ(テオスモ)！」

ニックが来たのを知ったのは、ギリシア語の叫び声が聞こえたからだ。彼は厳しい口調でそのまま動かずにいるよう命じ、オリンピアが憤慨するほど無遠慮に脚や腕を撫(な)でまわした。

「悲鳴が聞こえたけど、どこか骨折でもしたんじゃないのか」

「あっちへ行って！」

「ここで楽な姿勢になっているんだ。ヘリコプターで医者を連れてくる」

「ばかなことしないで」オリンピアは床に両手をついてゆっくり体を起こした。痛みは感じたが、そのうち消えていく程度のものだった。

めまいはまだ続いている。様子を見ようと目を開けると、バスルームの壁が波打っていた。それを見たとたん、猛烈な吐き気に襲われた。

「ああ……」ニックがため息をついた。彼は何が起こったのか了解したらしく、よろめいているオリンピアを支えてくれた。

「わたし、酔っ払ったの」

「いや、船酔いだよ。こうなることは予想しておくべきだった。すぐに薬を持ってくる。かなり楽になるはずだ」

ニックはオリンピアをベッドへ運び、タオルをはぎとってベッドカバーを体にかけた。すべてがあまりにも手際よかったので、オリンピアは何をされているのかわからなかった。

「昔きみを海に連れていっていたら、前もって準備しておいたのにな」ニックは苦笑いした。

「海に行くのを誰が禁止したの？」

「スピロスだよ」ニックの答えにオリンピアは驚いた。「きみのおばあさんと叔父さんは、海で溺（おぼ）れて亡くなったらしい。スピロスはティーンエイジャーのぼくがきみを海に連れていくのが心配だったんだ。きみの家族にそんな事故があったのを知っていながら、彼に逆らえるわけがないだろう」

ニックが部屋を出ていった。オリンピアは宙に目をさまよわせた。あのころ彼が海に連れていってくれなかった裏にそんな簡単な理由があったとは、思いもしなかった。

五分後にニックが水の入ったコップと錠剤を持って現れた。オリンピアは薬をのみ、また枕にもたれた。

ぴったりした黒のジーンズとベージュのTシャツを着たニックは若々しく、いちだんとすてきに見えた。

オリンピアは顔をそらした。「わたし、大丈夫よ。もうおかまいなく」

「いや、きみが眠るまでそばにいる」

「もし十年前にわたしを抱きたいと思ったのなら、どうして何もしなかったの？」オリンピアは急に胸の内を吐露した。なんとなく彼が近づきやすく見えたのだ。

「現実的になれよ。もしぼくたちが一緒に寝ているのをスピロスに知れたら、きみは恥知らずな娘だと言われて家に送り返されていたよ。ぼくはきみの家族がまたもや疎遠になる原因を作りたくなかったし、きみが遠く離れたロンドンに行ってしまうのもいやだった」

「そうでしょうね」

「ほかにも理由を挙げてほしいかい？　あんなに若くて妊娠したらどうする？　そもそも、ぼくが結婚するときまで待ちたいと心から思っていたというのは理由にならないかい？」

ニックの口から出たあれこれの説明に心がなごむのを感じて、オリンピアはうろたえた。ここでもカテリーナは嘘をついていたのね。ニックがわたしに魅力を感じなかったわけじゃないんだわ。ニックが、ティーンエイジャーにしては驚くほど思慮深かったというのが事実なのだ。

オリンピアは知らないうちに眠りに落ち、目が覚めたのは明け方だった。目を開けたとき、すぐ近くにニックがいるのに気づいて驚き、緊張した。彼は服を着たままベッドカバーの上に横たわり、なかば閉じた目でこちらを見ている。

「何を考えているの？」

ニックの口元がねじれた。「ルーカスのこと……」

「すばらしいわね！」オリンピアは身を守るようにくるりと背を向けた。

「ぼくたちは幼なじみだった。ふざけたやつだったが、ぼくは好きだった。彼が死んだとき、自分のせいだって気がしたよ」

「死んだ？」オリンピアはふたたび向き直り、ショックにこわばった顔を彼に向けた。

「死んだって、いつ？」

「きみがギリシアを出て数週間後だった。酔っ払い運転が原因だ」ニックは顔をしかめながら起きあがった。「あの夜以来、彼がしらふでいることはめったになかった。きっと自分のしたことに気がとがめていたんだろう」

オリンピアの顔から血の気が引いた。「それじゃ、ルーカスが死んだのもわたしのせいだと言いたいのね」

「いや、そんなつもりはない」

彼の言葉は信じられなかった。心にぽっかり穴があいたようだ。ルーカス・テオトカスはカテリーナに操られていたんだわ。あの夜のルーカスは、自分がかかわった事件をよかったと思っていたのかしら。カテリーナのたくらみに加担するには酔っ払うしかなかったのね。悲しい、あまりにも悲しい話だ。今ニックに、彼の親友が卑劣きわまりない手段でわたしたちの仲を裂こうとしたと告げたら、激怒するのは間違いない。今のニックは、ルーカスの罪を責めるより、むしろ自分のほうに非があると思っている節がある。

「あの夜以来、いやなことがいろいろあった」ニックがぶっきらぼうに言った。「カテリーナは試験に落ちたし、しばらくは家族をひどく心配させていた。彼女はルーカスのことで気が動転して……」

「それはたしかだわ」

ニックは冷ややかな目でオリンピアを見た。「カテリーナは友達なんだから、きみをかばって嘘をついてくれるべきだったと思っているんだろう。でもギリシア人には、身内に誠実にするのがいちばん大事なことなんだ」

オリンピアは苦い思いを噛(か)みしめた。カテリーナの嘘をそのままにしたのを悔やむ必要はない。血縁の証人が嘘をついたのなら、そもそもわたしに勝ち目はなかったのだ。

「カテリーナは嘘をついたのよ。ルーカスも。二人ともそれぞれ嘘をつく理由があったんだわ。でも、あなたはそれを理解しようとも調べようとも思わないのね」

「ぼくにとっては、たったひとつ腑に落ちない点がある」

「なんなの？」

「ギリシアの女性なら、自分の名誉を傷つけられて黙っているなんてありえない。あのことがあった次の日、きみはなぜ自分がまだバージンだと言わなかったんだ？」

「冗談でしょう……わたしにあんな恥をかかせておきながら、まだあなたに首ったけだと本気で考えていたの？」

「それじゃ、クラブでぼくがブロンド娘と一緒にいるところを見たんだね」

オリンピアの頰が赤くなったのは、思わず口走った言葉が自分の胸の内を明かしてしまったのに気づいたからだ。

「つまり、ルーカスと一緒に外に出ていったのは、ぼくに復讐するためだったってわけだ」

オリンピアはむっとしてまた背中を向けようとしたが、ニックの力強い手に腕をつかまれた。

「ぼくは知りたくてたまらなかったんだ。なぜなら、あの夜の記憶がほとんどなくてね」

「なんですって？」

「誰かがぼくの飲み物に強い酒を入れたらしい。もしぼくがラモーナと一緒にいるところを見たのなら、きっとぼくが酔いつぶれる前のことだろう」

オリンピアはゆっくりうなずいた。「あなたは無罪で、なんの落ち度もないというわけね。わたしの母ならそんな子供だましの話を信じるかもしれないけど、わたしはそうやすやすとだまされないわよ」

「きみはぼくの話が信じられないと言うのか?」

「ようやくわかったのね。いい気持ちはしないでしょう?」彼の手の力がゆるんだすきに、オリンピアは背中を向け、枕に顔をうずめた。

ニックが耳ざわりなギリシア語で悪態をついた。

「あら、あなたでも傷つくことがあるのね」オリンピアは頭を起こして皮肉っぽく言った。

二人の視線がぶつかり、火花を散らした。

「きみは実に計算高いしたたかな女だな」

「ドアはあそこよ。どうぞ」怒りでオリンピアの目が宝石のように輝いた。

ニックは出ていこうとはせず、枕の上から流れ落ちているつややかな赤褐色の髪を長い指にからめとり、オリンピアを動けなくした。

「ニック……何をするの?」

彼は金色に輝く目でオリンピアの目をじっと見つめ、激しく飢えたように唇を重ねてきた。これ以上ないほど熱く濃厚なキスだった。オリンピアは頭がくらくらした。ニックと一秒でも離れるくらいなら、息が止まってもいい。胸が高鳴り、脈が速くなる。体中にあふれた興奮に圧倒されそうだ。

「これからは過去の話はいっさいやめだ」ニックは熱っぽく言い、Tシャツを脱ぎ捨てジーンズのファスナーを下ろした。

「だめよ……わたしたち……できないわ」オリンピアは広げた手を固い筋肉の盛りあがる彼の胸に押しあてた。

「大丈夫だ」ニックは優しくささやき、枕に寄りかかった。

「わたしが考えているのは……」オリンピアは震える声で言った。「考えたのは……」

「ああ、何を考えているんだい、ぼくの奥さん(イネカ・モ)」ニックは彼女の髪の毛をひと房指に巻きつけ、黒いまつげに覆われた目を輝かせてオリンピアを見た。

ああ、神さま、わたしは彼が欲しいんです。頭のなかでその言葉が渦巻いている。わたしは彼のジーンズをはぎとりたい。今すぐ彼が欲しい。ゆうべ彼がくれた輝かしい恍惚(こうこつ)の瞬間をすべて再現してほしい。

「考えていないわ……今は何も」

「ぼくは考えている。きみはなぜ自分の感情と闘おうとするんだ？」

突然、オリンピアはニックの腕に抱かれたいという耐えがたい思いにとらわれた。これほど彼の身近にいながら抵抗するのは不可能だ。彼女はおずおずと手を伸ばし、豊かな黒髪に指をからませた。ぎこちなく彼に寄り添うと、崖(がけ)から飛びおりる寸前のように心臓がどきどきした。

　ニックは優しかった。笑ったりせず、皮肉も言わなかった。彼はオリンピアを抱き、彼女の唇を官能的に攻めた。オリンピアの体が溶けだし、激しい風に吹かれたようにがたがたと震えている。ニックはジーンズから脚を抜き、オリンピアが体を覆っていたベッドカバーをめくって横に滑りこんだ。

「きみの好みをきくべきかもしれないけど」ニックは彼女に体を重ね、熱く燃える目で相手の目を見つめた。「でもきみはどういうのが好きか、まだ自分でもよくわかっていないと思う。つまり、ぼくたちはこれから一緒にいろいろ新しい発見をしていかなければいけないってわけだ、ぼくの奥さん（イネカ・モ）」

　オリンピアはすでに骨抜きの状態だったが、彼の言葉が終わるころには思考力まで奪われかけていた。息をする以外に何もできない。ニックの唇がからかうように唇の端を愛撫する。オリンピアは我慢できず、自らキスをせがんだ。自然にこみあげてくる切望の思いが体に火をつける。頭のなかに大胆な幻想が次々と浮かんでくる。ベッドの上で彼を圧倒したり、自分の望みどおりの行為をかなえてもらっている姿を想像していた。

「それとは別に、今この一回でゴールまで駆け抜けることもできるんだ」ニックがかすれた声でさっきの言葉を訂正した。

「お願い……」オリンピアはそれしか言えなかった。

7

何かの物音にオリンピアは眠りを妨げられた。くたくたに疲れきっていたので、まぶたを上げるのもけだるかった。カーテンは開けられ、窓から陽光が降りそそいでいる。ニックを見つけて顔をよく見るまではこわばっていた体に、幸福感が広がった。夜のあいだニックの腕のなかで恍惚感を味わうたびに、オリンピアは幸せを感じたが、その喜びはなんだろうと不思議に思うチャンスも必要もないまま、それに慣れきっていた。

シャワーを浴びたばかりでまだ濡れているニックの黒髪をひと筋の光が照らしている。その光は、ブロンズ色の肌を純粋な金色に輝かせていた。オリンピアはひそかにほほ笑み、ジーンズを引っ張りあげるニックを見守った。こんなときの流れるような身のこなしが好きだ。昔からそうだった。

彼に近寄ろうと、オリンピアはベッドの上を転がって腹這いになり、片手で顔を支えた。

「今何時かしら?」

「午後の二時だよ。きみもぼくも船に乗ってから何も食べず、この部屋にこもりっきりだ。

乗組員たちはぼくのタフさを充分思い知らされただろうよ」

　オリンピアはあけすけな言葉の意味合いをよく考えもせず、衝動的に口をはさんだ。

「わたしだってそうよ！」

　ニックは黙りこんだ。オリンピアは目を伏せ、顔を真っ赤にした。昼間の明るさのなかでは親密な感情が消えてしまうのだと気づいたときは手遅れだった。今のレディらしからぬ言葉を母が聞いたら、死ぬほど驚くにちがいない。それに、もう少し気のきいた言い方をすべきだった。

「よかったよ」ニックが無表情に言った。

　よかったですって！　オリンピアは憤慨し、もう少しでどなり返すところだった。よかった？　まるで料理か、ピクニックか、上手にできた作品にでも言うみたいな言い方だ。数分前に目覚めたときの幸せな満足感はどこへ行ってしまったの？

「でも悪いはずはないだろう？」ニックは軽く肩をすくめた。「ぼくたちはセックスの相性がいいってわかっていたからね」

　オリンピアは青ざめた。「わたしたち、かなりわかりあえたと思っていたのに」

「ひとつのベッドにいるときだけだ」ニックがずばりと言った。

　あたかもわき腹にナイフを突き立てられたような感覚だった。オリンピアは彼の前で血を流すのはやめようと必死だった。「あなたの言いたいことはわかったわ」

「二、三日出かけてくる。いつ帰れるかはきかないでくれ。ぼくにもわからないんだ」

「お帰りが早くないよう祈っているわ」オリンピアは思ったままを口にした。彼の仕打ちにはらわたが煮えくり返る。

ドアに向かっていたニックが足を止めた。

「もし妊娠したらお電話するわ。あなたに少しでも運があれば、もう帰ってこなくてもいいかもしれないわね！」

ニックがさっと振り返った。激しい怒りに燃える目が怒りに紅潮しているオリンピアの顔をまっすぐにとらえる。

「でも、ご注意申しあげておきますけど、何時間もかけてあの手この手でやってくださった努力は無駄かもしれないわよ。今はあまり見込みのない時期なの」オリンピアは苦い満足感を味わった。

「なんてことを……なぜそこまで下品な言い方ができるんだ。ぼくたちの子供を産むことをそんな不愉快な話にするな！」

「悪かったわね。あなたがどれほど繊細で感じやすいか忘れていたわ。ごめんなさいね」

ニックは握り拳を固めている。彼が傷ついている証拠を目のあたりにして、オリンピアの心は勝利の歌を奏でた。

「きみはぼくの妻だ」ニックがうめいた。

「いいえ、違うわ。契約上のパートナーよ。ベッドのなかのパートナー」オリンピアは穏やかに言ったが、彼と同じくらい憤りを感じていた。体に充満した怒りに火をつけたら、ガソリンのように燃えあがり、炎で彼を焼きつくすだろう。なぜなら彼はわたしを傷つけ、侮辱したから。許せない。今度こそ許さない。絶対に許すものですか。

ニックは突き刺すような視線でオリンピアを見ている。「きみはぼくがかっとなって暴力をふるうのを期待しているんだな。そうすれば離婚して、大金を手に自由の身になれる。それが狙(ねら)いだろう?」

オリンピアは彼の言葉を真剣に考えてみた。不思議なことに、大金がおまけにつくとしても自由の身になるという言葉には気持ちがそそられない。それを困惑しながらも認めた。

「腕利きの弁護士と一戦交えたらどうだ」ニックが耳ざわりな声で言った。「婚前契約書にサインする前にやるべきことだったが」

彼の言っている意味がまるでわからない。オリンピアは口ごもった。「どういうこと?」

「こんなやり方は自分でも相当なものだと思うが、もし別れたいというなら、きみは子供を置いていかなければならないし、結婚前と同じ経済状態になるのは覚悟するんだな。ぼくの弁護士はそんな過酷な契約にきみがサインするはずがないと言った。きみは第一条項を読んだだけでヒステリーを起こし、最後まで読んだら酸素吸入が必要になるだろうとも言った。でも彼らはきみという人間をぼくほどには知らないから、そんなふうに言ったのさ」

オリンピアは、今や彼のひと言ひと言に全神経を集中していた。「わたしを知らない？」

「きみの頭にあるのは金だけだった」ニックはあざけるように話を締めくくった。

「違う……違うわ」

ニックはノブに手をかけた。

彼にがんじがらめにされているのがわかって、オリンピアは血が凍りそうになった。彼は生まれてくる子供までもわたしを縛る武器に使おうとしている。彼はわたしたちの結婚を好んで契約と呼んでいるけれど、わたしは軽く受け流していた。ニックはわたしを対等のパートナーとみなすつもりはなかったのだ。パートナーではなく、わたしのオーナーになっていたのだ。

現実を知ってオリンピアは正真正銘打ちのめされた。ささやく声が震える。「なぜあなたはこんなにもわたしを憎むの？」

ニックが振り向いた。「かつてはぼくも心からきみを愛していた。こういうあまりにも深く細やかな関係は、きみには理解してもらえないかな？」

三日が過ぎた。オリンピアは自分を褒めた。わたしはもう泣いていないわ。

〝かつてはぼくも心からきみを愛していた〟彼はあまりにも苦い告白を心の奥から吐きだ

した。彼の言葉に、わたしは否定も抗議もできない、疑いの余地さえない。オリンピアは食事も喉を通らず、眠ることさえできなかった。彼の言葉は過去の出来事を覆っていたベールを一気に引きはがし、それによって彼女の感情はかき乱された。

十年もの歳月を経て遅すぎる愛の告白をしたニックを殺したいと思い、告白をしてから憎むべきヘリコプターで飛んでいってしまったニックを殺したいと思った。彼は連絡先を教えてくれなかった。どうしてわたしを残して行ってしまったの？　どこへ行ってしまったの？

主のいないオーロラ号は、どこにも寄港することなく航海を続けていた。ジムにサウナ、プールや図書室、すばらしい食事にオリンピアはしだいに慣れていった。すべてが贅沢で、二十四時間至れり尽くせりの面倒を見てもらえる。髪の手入れがしたければ美容師がいて、マニキュアも二十四とおりのスタイルが注文できる。音楽を楽しみたければ、二つのバーとダンスフロアがあり、最高級の音響設備も整っている。母に電話したければ、衛星通信システムが対応してくれる。

残念ながら、母との会話には、かなりのテクニックが必要だった。母に嘘はつきたくないから。そう、オリンピアは驚くほどすばらしいハネムーンを過ごしている。ひとつ問題はあるけれど、それだけは母に話せない。すばらしいハネムーンをひとりぼっちで楽しんでいるということだけは。

ああ、ニックはわたしを愛していた。それなのに彼は一度も口にしなかった。もし言っていたら、二人は別れることもなく、わたしだってカテリーナの嘘と闘う勇気を持てたかもしれないのに。婚約者でありながら、手も握らず、花も気のきいたプレゼントもカードも贈ってくれなかった。十九歳のニックは淡々とした青年だった。結婚を申しこんでくれたときだけは除いて……。

そして今オリンピアは、ニックがなぜ自分をオーロラ号に置き去りにしたのか考えあぐね、苦しんでいる。二人で過ごした夜が明けてあんなことになるとは、思ってもみなかった。もしかしたら、ニックにとってはベッドをともにすることだけが挑戦だったのかもしれない。それとも彼はわたしに飽きただけかも。わたしは挑戦するかいもなかったということかしら。彼のように経験豊富な男性には、つまらない相手だったのだろうか。わたしにとって特別に思えたものが、彼には特別ではなかったのだ。何も知らなかった自分が恥ずかしい。目が覚めたときわたしはとても幸せだったのに、ニックは冷たくよそよそしかった。

ベッドから出たときのニックは、本当にわたしを憎悪していた。どうしてなの？　かつて彼はわたしを愛し、わたしは彼を傷つけた。許すとか忘れるという言葉は彼の辞書にはない。ニックは復讐（ふくしゅう）を果たすためには最後の最後まで闘う男なのだ。わたしは彼の自尊心を傷つけ、他人の前で彼に恥をかかせた。カテリーナとルーカスはあの夜なんてことをしてくれたのだろう！　今なら、ニックの話を受け入れることができる。ルーカスがニックの飲み物に強い酒を入れ、前のガールフレンドをクラブに呼び寄せたのだろう。すべては十年も昔のことだけど、あの夜の出来事がいまだに尾を引き、想像を超えた苦しみの元凶になっている。

ニックがいなくなって五日目、オリンピアは船を降りようと決心した。旅行の機会を与えられたのだから、大いに楽しまなくちゃ。船の上で日光浴しながら、結婚した次の日にわたしを捨てた夫のことを考えていても仕方がない。

オーロラ号の船長は英語が上手だった。オリンピアがスペイン沿岸のマラガに行ってみたいと頼むと、船長は目的地ができたのを喜び、生鮮食料品の補充も必要だとさえ言ってくれた。

船がマラガ港に入ったとき、オリンピアは厄よけと新たな自立の宣言の意味をこめて、髪の毛を三十センチほどカットしてくれるよう美容師に頼んだ。仕上がりは申し分なかった。しかし船長は、上陸のための旅行かばんを持ったオリンピアの姿を見て、困惑したようだ。彼女は一週間で戻ると約束し、船の昇降口を目指して脱獄囚のように駆けだした。船長はオリンピアを呼び止め、土地の人間でない者がどこかの国に足を踏み入れる際には、いろいろ手続きが必要だと言って、彼女のわくわくした気持ちに水をさした。

だが、三十分でオリンピアはすべての手続きを終えた。去年読んだワシントン・アービングの『アルハンブラ物語』をニックがいなくなってからもう一度読んでいたので、旅の計画は決まっていた。まずグラナダに向かい、伝説のムーア人スルタンが築いたすばらしい庭園や要塞としての宮殿を見るつもりだ。マラガから列車に乗り、着いたときは午後も遅い時間だった。アルハンブラ宮殿の見学には数時間かけたかったので、街のなかに小さな民宿を見つけて一泊することにした。

翌朝、ライラック色の軽やかなドレスを涼しげにまとったオリンピアが、宮殿の入口に近い駐車場の前を歩いていると、長い銀色のリムジンがそばに止まった。大きな顔になんの表情も浮かべず降りてきたダミアノスが、オリンピアのために後部座席のドアを開けた。

「ミセス・コザキス……」

ニックのボディガードをひと目見るなり、オリンピアは歩道に凍りついた。どうしてこんなに早く見つかってしまったの？

「オリンピア……」車のなかからよく知っている低い声がささやきかけた。「五つ数えるあいだに何も言わずリムジンに乗るんだ」

オリンピアの頰は怒りで染まった。まるでかんしゃくを起こしただだっ子に呼びかけるような言い方だ。彼女はつかつかと車に近寄った。「船から誰かがわたしをつけてきたのね？」

「一」ニックの声は彼女をさらに激怒させた。

「誰かにわたしを監視させるなんて、実に汚い下劣なやり方だわ」

「二」

ダミアノスがリムジンの後ろをまわって運転席に乗りこむのをオリンピアは目の隅で確認した。「わたしにだってちゃんと計画があるのよ」

「三」

「アルハンブラを見たいだけなんだから」

「四」

「わたしが乗りたくないのに乗れと命じることはできないわよ、ニック・コザキス！」

「五……」

オリンピアは腕を組み、顎を突きだした。ニックが流れるような身のこなしで車から降り立った。淡い蜂蜜(はちみつ)色のスーツを着た彼はすばらしかった。胸の鼓動が高まり、口がからからになったことで、彼女はいっそう彼に腹を立てた。そばにいる物見高い観光客に注意を払い、ニックはいかにも彼女を気づかうような態度を見せている。

大げさないたわりの身ぶりでオリンピアを両腕に抱えあげ、彼は心配を装って言った。

「この熱じゃ無理だよ、ダーリン。しばらく横にならないと。願わくば、ぼくの体の下でね」最後はオリンピアにだけ聞こえるように言った。

リムジンにおさまったのは、公衆の面前で彼と喧嘩(けんか)するだけの度胸がなかったからだが、オリンピアは最後の言葉にいらいらしていた。「わたし、すぐにまた戻ってくるわよ」

ニックはドアをぴしゃりと閉め、彼女に向き直った。「きのう安全な船を降りたあと、きみは自分の命を自分の手にゆだねたんだぞ！」

「いったいなんの話をしているの？」

「きみは否が応でも大金持ちの妻で、大金持ちの孫だ。つまりきみは最高の標的ということだ」

「誰が狙うの？」

「誘拐犯、強盗、それにやり手のパパラッチとかだよ」ニックは怒りもあらわに吐き捨てた。「きみがひとりでオーロラ号を降りたと聞いてから、どんなに心配したか。きみを護衛するためにあとをつけた者が居場所を連絡してきたのは、夜遅くなってからだった」

オリンピアはさっと青ざめた。「盗む価値のあるものなんか持っていないわ」

「じゃあ、ロレックスの時計ひとつさえ獲物がなかったら強盗がどんな態度に出るか、考えてみたらどうなんだ」

オリンピアはうなだれた。彼にそこまで心配をかけたのが恥ずかしかった。「考えてもみなかったわ。ごめんなさい」

「少なくともきみは無事だった……髪の毛以外は」

「髪の毛？」突然話題が変わったのでオリンピアは驚いた。

ニックは肩甲骨までの長さになった彼女の巻き毛を撫でた。「きれいな髪を台なしにするなんて。どうしてこんなまねができたんだ?」

オリンピアの頬がピンクに染まった。ニックが率直に気持ちを表したことが意外だったし、無念さをあからさまにしたのも驚きだった。

「ぼくがどんなにきみの髪が好きだったか知っているだろう」ニックが深いため息をついた。

「また伸びるわ……」オリンピアはかぼそい声を出した。

「それじゃ、アルハンブラを見に行こう」

「いいの、気にしないで。あなたは見物に行くような格好じゃないし」

「行くよ、ダーリン。今日は一週間前に中断したところからやり直そう。結婚とはどういうものか勉強するんだ」

オリンピアは驚き、目を丸くして彼を見つめた。

「ぼくはやむをえない仕事があったんだけど、こんなに長く留守にするべきじゃなかった」

ダミアノスともうひとりのボディガードにかなり距離を置いてついてこさせ、ニックとオリンピアはアルハンブラ宮殿の見学に出かけた。天気はすばらしかった。春めいた新緑の木々のあいだを縫う道に、暖かい陽光が降りそそいでいる。オリンピアは見るものすべてに魅了された。静かな噴水のある宮殿の内庭、しんと静まり返った池の水面に影を落とす砂色の塔。

一行は、グラナダ王の夏の離宮へネラリフェの緑したたる庭園を巡り歩いた。ばらの木陰のあずまやでふと顔を上げたオリンピアは、じっと見つめているニックの視線と出合った。

「どうしたの？」

「きみは自分がどれだけの力を持っているか、まったく気づいていないんだね。いろんな意味で力を持ちながら、それでいて実に純真だ。きみがオフィスに来たとき、ぼくがあんなに怒っていなければ気づいたはずなのに」

オリンピアは緊張した。彼の態度が変化したのを感じ、とまどいながらも安堵感に浸った。「わたし、何もなかったとあなたに言いたくて――」

「いや」ニックは夢中になって話そうとするオリンピアの唇に指をあてた。「昔のことはこの際どうでもいい」

「でも……」

「いやな思い出はもうたくさんだ。ぼくたちは本当に子供だった。子供というのは若気の至りでばかなまねをするものだ」

オリンピアは言い返したかった。自分は何もばかなまねはしていない、非難を受けるようなまねは何ひとつしていないと。だけど、今ここで議論を蒸し返すべきではないだろう。

オリンピアは顔を上げた。そこに暗い琥珀色の瞳が待っていた。

「きみが欲しい、ぼくの奥さん」欲望をむきだしにした言葉がオリンピアの体を震わせた。

いきなり、二人のまわりの空気が電気を帯びたように熱くなった。

ニックは彼女のこわばった肩に手をかけて引き寄せた。「待つのはつらいけど、期待は喜びをさらに大きくする」ニックはかすれた声でささやき、オリンピアの指に指をからませて日のあたる場所へ急きたてた。

あとになって、オリンピアは自分がどうやってリムジンまで戻ったか思い出せなかった。ダミアノスがランチについて何か言い、ニックが耳ざわりな笑い声をあげた。彼女は腕時計に目をやったが、何に対しても集中することができない。今頭にあるのは、自分を見つめるジャガーのような目と、しっかり握りあっている手だけだ。彼のそばにいるのが拷問にも思えてくる。

リムジンの後部座席でオリンピアはニックに寄り添った。彼は彼女の背中に腕をまわした。

「今は時間が足りない。ぼくは中断するのは嫌いだからね」

リムジンがスピードを上げた。苦しいほどの沈黙が続き、オリンピアは震えだした。

この一カ月で初めて、わたしは自分の本当の気持ちがわかった。この感情がどこから来たのか、どうしてそう思うのかは考えないようにしよう。すなおに受け入れればいい。わたしはニック・コザキスを愛している。

リムジンは、風雨にさらされた古い石造りの壮麗な建物の前で止まった。ニックはオリンピアを陽光のなかに連れだした。石段の上にいた年輩男性のうやうやしい挨拶(あいさつ)にうなずき、オリンピアをエスコートして堂々たる玄関を抜け、薄暗い建物のなかに入っていく。階段目指して大股に歩くニックに従いながら、オリンピアは豪華なアンティーク家具とすり減った板石の上に敷かれた巨大なペルシア絨毯(じゅうたん)に目を奪われた。階段の先には大勢の人がいた。オリンピアは広々としたロビーにいる人たちから好奇のまなざしで迎えられた。そのときになってようやく気づいた。ここはとても大きく、そして間違いなく最高に豪華なホテルだ。

彼女は頬を赤らめた。「みんなが見ているわ」

ニックは片方の肩をひょいと上げて他人の視線などまったく気にしていないのを表明し、階段を上がってなおも大股に歩いていく。待ち受けていたメイドがおじぎをし、急いで両開きドアを開けた。そこは美しい調度品のそろった広間だった。

「なんてすてきな部屋なの」オリンピアははしたないほど速く寝室にたどり着いたことを反省し、努めて冷静にふるまおうとした。

しかしニックはすばやく彼女を引き寄せ、性急に両手で頬をはさんで唇を重ねた。

オリンピアは倒れないよう彼のスーツにしがみついた。彼の舌が唇を割ったとき、驚きのあまり喉の奥から低いうめき声がもれた。

「ああ、神さま(テオス・モ)……きみとひとつになりたい」ニックは彼女のドレスを脱がせ、大きなベッドに横たえた。

オリンピアは不安そうにつぶやいた。「フロントでチェックインしなくてよかったの?」

ニックは眉をひそめた。「どうして?」

「だって、ふつうはホテルに入るときチェックインするものよ」

「ホテルの持ち主ならしないだろ」

「あら……」すばらしい仕立てのスーツを脱ぎ捨てるニックを、オリンピアは胸をどきどきさせながら見守った。

「この一週間がぼくには半年にも思えた」ニックはボクサーショーツを脱ぎ、たくましい全身をあらわにした。

「わたし、あまりの興奮に死にそうだわ」オリンピアは恥ずかしさをこらえて正直に言った。

ニックがオリンピアのそばに横になり、期待に応(こた)えると約束するようなほほ笑みを浮かべた。

「ああ……(テオス)車のなかできみに触れていたら、そのまま抱いていただろう。きみのおかげで、ぼくはときどき興奮に体がうずきだす。まるで獣になったみたいだ」

「わたしもあなたが欲しい……」

ニックはオリンピアに触れた。そこは彼女が触れてほしくてたまらない場所だった。自分を待ち受けて、すでに熱く潤っている。彼は飢えたようなうめき声をもらし、体を起こしてオリンピアの脚を押し広げた。

「これが欲しくてたまらなかった」ニックは情熱をこめた声で静かに言った。

彼がなかに入ってきたとき、オリンピアは身を震わせ、泣き叫ぶようにうめいた。ニックは彼女のなかに深く身を沈めたまま、輝かしい歓喜の表情で彼女を見つめている。

「きみはまるで熱いシルクのようだ。きみと離れてから、こんなふうに……もう一度きみを抱くことだけをずっと考えていた」

オリンピアは口がきけなかった。気が遠くなるほどの熱い歓喜の波が押し寄せてくる。全身が興奮に包まれ、胸の鼓動が高まる。彼女はニックにしがみついた。舞いあがった体が炸裂して火花が降りそそぐ瞬間、オリンピアは意識を失い、夢のような恍惚感に身をまかせ、それからゆっくりと現実の世界に下りてきた。

ニックがオリンピアを抱きしめたままかすれた声で笑った。「一週間ずっと考えていたかいがあったよ」

オリンピアは、ようやく動悸が少しおさまり、ものを考えられる状態になっていた。またニックと一緒にいられる喜びに一瞬だけ影がさした。十年前を振り返ると、あのときの思い込みとは違った場面を目にしているのに気づいたからだ。十七歳のわたしはあこがれの男性に誘われ、婚約指輪をはめてもらった。ニックは心からわたしに惹かれ、心から愛していた。それなのにわたしは、あまりにもできすぎたおとぎばなしみたいな場面で、ヒロイン役をつとめるだけの力がなかった。だから祖父やカテリーナの言葉に躍らされて、夢のような話に疑問をいだき、信じることができず、最後には劣等感のあまり夢を果たせずに終わってしまった。

「あなたを愛していたのよ……」

「きみが？」

ニックがたじろいだのがわかった。オリンピアはまたもや危険に近づきすぎたのを悟った。本当は心から愛していたと認め、今も愛していると告げたかった。しかし、恐怖心とプライドが彼女を押しとどめた。思いを口に出せなかった代わりにオリンピアは彼の体に触れ、質問をはぐらかした。彼に両腕を巻きつけ、ぎこちない動作で愛情を表現する。

「きみが昔のことを口にすると頭がおかしくなりそうだ。きみの時計は十七歳で止まってしまったらしいな」ニックはぶっきらぼうに言うと、彼女を抱いたまま仰向けになり、新たな満足を求めて愛撫を始めた。

あまりに痛烈な非難に、オリンピアはみじめにも傷ついた。でも結婚式の夜、過去にこだわっていると言ってニックを責めたのは自分自身だった。つまり立場が逆転したわけだ。しかし幸いというべきか、オリンピアの体はすでに彼の性急で官能的な愛撫に燃え、反応していた。熱い波にのみこまれ、思考力が薄れていく。胸が押しつぶされ、それが刺激となって柔らかい胸の頂がうずきだす。

ニックは、じらすような、からかうような目で彼女を見ている。「さあ、これからいろいろな方法で、きみが驚くくらい楽しませてあげるよ、ミセス・コザキス」
自信に満ちた彼の姿は、燃えあがる金色のオーラに包まれている。オリンピアの口の端に抑えきれない笑みが浮かんだ。

8

四週間が過ぎた。オリンピアはベッドの上で水差しからグラスについだ氷水を飲んでいた。

二人がクリトス島にあるニックの豪華な別荘に着いたのは、ゆうべ遅くなってからだった。ぐっすり眠ったはずなのに、少しめまいがして気分が悪い。なぜかはわかっている、でしょ？　オリンピアは薄いガウンをはおり、見晴らしのいいバルコニーに出た。そよ風が海を渡ってくる。ひんやりした空気がほてった肌に心地よい。風にはためくガウンを押さえ、オリンピアはベッドのほうを振り返った。

ニックはブロンズ色の腰にシーツを巻きつけて眠っている。夢見心地の笑みがオリンピアの口元に浮かんだ。一カ月間地中海を航海して、これ以上ないほどの幸せを味わった。でも、だったらどうしてわたしはニックに妊娠したと言えずにいるの？

まだ八時だったが、ベッドに戻る気がしなくてバスルームに向かった。バスタブに湯を張り、香りのいいお湯のなかに体を伸ばす。結婚の契約の条項を思い出し、深いため息がもれた。この一カ月、ニックは取り決めを破り、彼女と一緒に暮らしている。彼は何人かの部下をオーロラ号に呼び寄せ、船の上で仕事をしていたが、一日の大半は彼女と過ごしていた。陸地に戻った今、この状態を続けていけない理由はどこにもない。

タオルで体を拭きながら、オリンピアはなおも物思いにふけった。最近のニックは彼女の願いをすべて聞き入れ、本で読んだことしかないあこがれの土地へ寄港してくれた。クルーザーはこれまでにマヨルカ島、コルシカ島、サルデーニャ島、そして最後にシチリア島をまわってきた。思い返すと、あまりにもたくさんの記憶が押し寄せて混乱しそうになる。陽光の降りそそぐ砂浜、静まり返った海、曲がりくねった道路、最高に美しい風景。

それなのにオリンピアは、妊娠したというニュースを告げるのをためらっている。二日前、ニックが彼女の肩の日焼けを医者に診せるべきだと主張したとき、結婚後一度も生理がないのを気にしていたオリンピアは、その機会を利用した。手短な診察のあと簡単なテストを受け、妊娠が確認された。わたしは子供を産むのだ。うれしさと恐ろしさが半々だった。結婚する前のニックの言い方では、妊娠すれば離婚の条件が半分満たされたことになると思えたからだ。

もしわたしたちが本当に理解しあったわけではないとしたら、どうなるの？　ニックは将来の話は何もしてくれない。契約についても何も言わない。今のところ彼は魅力的で、楽しませてくれる最高の相手だけれど、彼はもう目的を達したことになる。そう思うと胸が痛んだ。彼は記録的な速さでわたしを妊娠させたのだ。

「ひどいじゃないか。ぼくが目を覚ましたとき、どこにいたんだ？」

オリンピアは飛びあがりそうになりながら鏡の前から振り向いた。「ニック」

「朝食を注文しておいた……あとで届くよ」モザイクタイルのバスルームを横切ってきたニックは両手を広げ、性急にオリンピアを抱きしめた。「一緒にシャワーを浴びよう。誰のことを考えていたのか教えてくれ。でも、たまっている仕事があるんだ。もうすぐ来客もあるし。ああ、面倒なことはすべてほうりだしたい気分だ」

かなり時間がたってから、二人は美しい石造りのテラスで朝食をとった。鮮やかな花を咲かせたブーゲンビリヤが百合樹にからみつき、日陰を提供している。天気は最高で、どの方角を向いても息をのむほどすばらしい眺めだ。

オリンピアはそのときふいに、さっきニックが来客があると言ったのを思い出した。

「お客さんって、どなた？　いつお見えになるの？」

「マルコス・スタポロスと奥さんのサマンサだ。奥さんはイギリス人だし、きみも気に入ると思うよ。マルコスのお父さんが病気で、結婚式に来られなかったんだ。でも今日は昼食を一緒にしてくれることになった。あと三十分もすれば着くよ」

オリンピアは身をこわばらせた。十年前に会ったマルコスは、ニックの親友だった。彼との再会を思い、オリンピアは困惑した。そのせいで、つい鋭い口調になった。「マルコスも駐車場で起こったあのいやな事件を知っているはずよ」

緊張に満ちた沈黙がしばらく続いた。それからニックは両手をテーブルにつき、そびえるように立ちあがった。「ぼくがそんな話を食事時に楽しむとでも思っているのか？ スピロスを別にしたら、あの夜のことを知っているのはぼくの両親とカテリーナだけだ」

オリンピアは青ざめたが、それでもひるまずに見つめ返した。ニックは木陰から日のあたる場所に出ていき、さっと振り返った。

「なんでまたそれを引っ張りだすんだ？」

「だって、あなたは今になってもわたしの言い分を聞こうともしないし、信じようともしないんですもの。それが悔しいのよ」

「きみに悔しがる資格はない。ぼくがあの下劣な話を水に流して、今のきみを評価しようと決めたのをありがたいと思え！」

「もし水に流すと決めたのなら、どうしてそんなにどなるの？」

「ぼくは……どなってなんかいないさ」ニックは主張した。それを認めるのはかなりの自制心が必要だったにちがいない。

「よかった。ルーカスとは何もなかったんだし、あなたが聞いてくれるまで引きさがらないわよ」

「絶対に信じるものか。あの次の朝、きみがぼくを見たときの態度を覚えているんだ。きみはやましいことをしたのに、得意そうだった」

オリンピアはあのとき、無言の抵抗を試みたのだ。その態度が、ニックをこうも自信満々にさせている根拠になっていたとは、皮肉な話だ。

「今の状態を頭に入れたうえで、当時を振り返ってみても……あれはたいしたことじゃなかった」ニックは肩をすくめた。「もっと早く言ってあげるべきだったな。だけど、当然きみの初恋の相手が埋め合わせに——」

「あなたこそ埋め合わせのために一週間姿を消していたくせに」オリンピアは腹立たしげに口をはさんだ。背中を椅子に押しつけていないと、飛びあがって彼をどなりつけてしまいそうだった。

「どうしてルーカスとのあいだにあったことを正直に白状しないんだ?」ニックは急に凶暴さを見せて詰め寄った。

オリンピアはショックに目を見開いた。

「ぼくがこんなことを考えるのも、きみのせいだぞ。なぜ話を蒸し返さずにはいられないんだ?」

ニックは大股にその場を立ち去ろうとした。だがふいに足を止めて振り返り、上着のポケットからとりだした箱をテーブルに置いた。それは革製の宝石箱だった。

「食事のあと渡そうと思っていたんだ」

オリンピアは絶対に相手に弱みを見せたくなかった。「何かしら……自白薬とか？」

ニックはギリシア語で悪態をつき、家のなかに入っていった。

オリンピアは箱を開け、ダイヤモンドをはめこんだすばらしいロケットを見た。震える手でそれをとりだし、蓋を開けてみる。なかには母と祖父の小さな写真が入っていた。思いやりにあふれた特製のプレゼントは、オリンピアの胸を打った。涙がとめどなく流れだす。

オリンピアは家に戻って寝室に上がった。メイクを直そうと、ゆうべ使っていたバッグを手にとる。たっぷり入る大きなバッグなので、手探りするのも面倒だったから、中身を全部ベッドの上にあけた。化粧ポーチをとりあげようとしたとき、バッグのなかから出てきた茶色い封筒に気づいた。封がしてある。初めて見るものだ。

オリンピアは眉をひそめて封を切った。新聞の切り抜きとスナップ写真が二枚、ベッドカバーの上に落ちた。上になっていた写真に目を凝らす。少しぼやけているのは望遠レンズで撮ったからだろう。トップレス姿のジゼル・ボナーだった。ニックにとてもよく似た男性の腕に抱かれ、日光浴用の寝椅子に横になっている。本当によく似ているわ。オリンピアはもう一枚の写真を見た。やはり上半身をあらわにしたジゼルの写真だ。でも、こちらは手前に男性がいて、カメラのレンズに正面から顔をさらしている。ニックによく似た人なんかじゃない。まぎれもなくニック・コザキスだ！

心臓が不気味に重く鈍い音をたてる。寝室のもう一方の側のドアがいきなり開いた。

「オリンピア?」ニックの深みのある声だ。

考えたり迷ったりしている時間はなかった。オリンピアはあわててベッドに飛び乗り、散乱した写真や切り抜きの上に腹這(ば)いになった。

ニックが入ってきて、前かがみになった。「大丈夫かい?」

「ええ……」

オリンピアが起きあがろうとしないので、ニックはベッドの横に膝をついた。

「泣いていたんだね」

「嘘(うそ)つきめ」ニックは彼女の頬についた涙の跡を指でなぞった。「かっとなって悪かった。きみがあの話を始めると頭がおかしくなってしまうんだ。理屈に合わないのはわかっているけど、頼むからあの話はもうしないでくれ」

「ええ……」オリンピアはまともに聞いていなかった。十年も前のばかげた事件など、今はどうでもいい。ああ、神さま、今隠しているのが古い写真で、昔の愛人が新婚の妻を苦しめようと復讐(ふくしゅう)心から送ってきただけでありますように。

「本当に大丈夫かい?」

「お願い、メイクを直したいの。五分だけひとりにして」

「ロケットは気に入った？　ダミアノスに言わせると、あれはパラソルや扇子と同じで、もう流行遅れらしい。でもきみにぴったりだと思ったんだ」

「わたしにぴったりよ」声に緊張がにじむ。

ニックは眉をひそめ、反射的に立ちあがった。

彼が部屋を出ていくのを待って、オリンピアは体の下敷きになっていたくしゃくしゃの切り抜きをつかんだ。広げてみると、驚いたことに、その記事には二枚の写真が並べてあった。一枚はプールで抱きあっているニックとジゼル、もう一枚には結婚式を終えて教会から出てくるニックとオリンピアが写っている。

ニックがジゼルにキスする寸前とも見えるその写真が、自分が結婚したあとに撮られたと確信して、オリンピアは大きくあえいだ。額に汗がにじみ、胃が締めつけられる。プールでの写真の下に最悪の疑いを裏づける下品な言葉が並んでいる。〈ニック・コザキス、ハネムーンを抜けだし、地中海で愛人とお楽しみ〉

結婚後の一週間、彼がわたしを船に置き去りにしたあの週にちがいない。ニックは愛人と一緒だった。昔の愛人ではなく、現在でも愛人なのだ。オリンピアは写真と切り抜きをバッグに戻した。

封筒をバッグに入れたのは誰なの？　メイドだろうか。五週間前の結婚式の日に、オーロラ号のなかで〈勝ち目はあるかしら！〉というメッセージとジゼルに関する雑誌の記事に出くわしたとき、メイドのギリシア娘は何も知らないと思えた。今のオリンピアはそこまでお人好しになれない。船のなかでわたしの部屋に自由に入れたのはメイドだけだ。わたしのバッグに写真を入れられるのは彼女しかいない。でもジゼルの手助けをしたのが誰かは、あまり問題ではない。これはジゼルの差し金にちがいない。カテリーナがこの写真の件にかかわっているはずはないわよね？

オリンピアは心と体がばらばらになった感じで、まともにものが考えられなくなった。わたしは妊娠している。ニックの子供を身ごもっている。恐怖に襲われながら、ぼうっとした頭でなおも考えていたとき、ばたばたというヘリコプターの音が遠くから聞こえてきた。お客さまの到着だわ。しっかりしなければ。他人の前でニックと言い争いなど絶対にしてはだめよ。

上品な青緑色のドレスを着てオリンピアはテラスに下りていった。マルコス・スタポロスとその妻がヘリコプターから姿を現した。マルコスは小柄で白髪の目立ちはじめた陽気な男性で、サマンサは快活な赤毛のスコットランド人女性だった。

スタポロス夫妻がこの場をにぎやかにしてくれたのはありがたかった。わたしには時間が必要だ。波立つ感情を静めるための時間が。ニックは数回、問いかけるような視線を投げてきた。彼の直感力が恨めしい。オリンピアは彼のほうを見ないようにしてサマンサの親しげなおしゃべりに適当な受け答えをしていたが、声に緊張感が漂うのをニックが気づいていないはずはなかった。

　昼食が終わり、二人の男性はオフィスに姿を消した。

「仕事、仕事、ギリシアの男には仕事しかないんだわ」サマンサが嘆かわしげに首を振った。

「マルコスとはどこでお知り合いに?」ニックがいなくなったので、オリンピアは少し気が楽になっていた。

「ロンドンの病院で看護師をしているとき、彼が盲腸の手術で入院したの。これは内緒だけど、あの人とてもおびえていたのよ。三年前だったわ」サマンサはにっこりした。「あなたにはわからないかもしれないけど、ニックが結婚したので、ここは前よりずっと居心地がよくなったわね」

「ジゼル・ボナーにお会いになったことがあるんですね」オリンピアは、サマンサが驚いているのと同じくらい、そんなことを言った自分にショックを受けた。「お願い、今の言葉は忘れてください。何か探りだそうというつもりはなかったんです」

「いいえ、わたしにはなんでも言ってちょうだい。あなたの気持ちはわかるわ」サマンサは身を乗りだし、秘密めいた口調で話しはじめた。「ジゼルみたいにきれいで、はるか昔のデートの話題がいまだに新聞だねになる恋人の存在って、我慢ならないわよね。いやだと思うのは当然よ。わたしたちが初めてジゼルに会ったとき、マルコスったら、ぼうっとなってしまったわ。わたし、彼と一週間口をきかなかったのよ」

オリンピアは身を二つに裂かれる思いだった。この先を聞きたくもあるし、聞きたくない気もする。

「ジゼルは賢くて、とても野心家よ。ニックを一度つかまえたら、彼の関心がほかに向いても絶対に放そうとしないもの。彼女は男性を喜ばせる方法を知っているのよ。自分の話に夢中になって神さまみたいに崇めてくれる女性に、自尊心をくすぐられないギリシア人の男性に会ったことある?」

オリンピアは首を横に振った。

「本当に彼女のことを心配する必要はないのよ」サマンサが言う。

「心配なんかしていません」心配どころではない。ジゼルの成功の秘密を聞いて、結婚は終わったのだと思い知った。わたしがニックを神さまのように扱う機会などありえないのだから。

「ニックは大変な有名人だから、ジゼルはそばにいられるのを喜んでいるのよ。自分のキャリアに箔がつくんですもの。先月、あの低俗なタブロイド紙にばかげた記事が載ったのは、絶対に彼女の差し金だわ。でも、ニックがハネムーンの最中に彼女に会いに行ったなんて、誰が信じるかしら」

「誰が信じるかしらね?」オリンピアは弱々しい笑みを浮かべた。それこそニックがしたことなのだ。新婚初夜が明けたとき、彼は花嫁を残して愛人のもとへ行ったのだ。

そのときニックが姿を現した。オリンピアはびくっとし、手に持っていたグラスの中身をドレスにこぼした。

「まあ……。ごめんなさい。着替えてきます」

「ぼくたちみんなで村の結婚式に招待されたよ」ニックが割りこんだ。

「すてきね」サマンサの声は温かかった。「でもわたしたち、あまりのんびりもできないのよ」

オリンピアはこっそり部屋を抜けだし、二階に上がった。背中のあいた黒いカクテルドレスと共布のボレロを選ぶ。結婚式というからにはドレスアップしなければならないだろう。昨夜上陸したとき村人一行の出迎えを受けたから、クリトス島でのニックの立場はわかっていた。ジゼルはニックを神さま扱いしているらしいけれど、島民は王さまだと思っているわ！

彼は次世代のために島の生活に活気を与えていた。学校を建て直し、先生をひとり増やし、港の海底に堆積（たいせき）した泥をとり除かせた。最新設備の診療所を建て、医者を口説いて住みこませた。さらに島の反対側に小規模の高級リゾート地を開発したので、大勢の若者に働き口が確保された。彼は五年のあいだに、父親が生涯かけてした以上のことをクリトス島で達成したのだ。そして憎らしいかな、真のヒーローがそうであるように、ニックは自分からはひと言だってそんな話をもらさなかった。それらはすべて昼食の席上でマルコスが披露したのだ。

「オリンピア……」

その声に驚いてオリンピアは振り返った。ニックが寝室のドアを背中で押して閉めた。

「いったいどうしたんだ?」

「なんのこと?」

「ふざけるんじゃない。ぼくを透明人間みたいに扱って客を不愉快にさせるな。ギリシア人にとって客の歓待は、プライドと喜びを持ってする大事なことなんだ。妻がふてくされた子供みたいな態度をとるなんて恥ずかしいかぎりだ」

オリンピアは身震いし、歯を食いしばった。

「そんな下品な目で見ないでくれ」

「たぶん、客の接待をジゼル・ボナーにまかせればよかったのよ」

「そのとおりだ。ジゼルは絶対に友達の前でぼくに恥をかかせたりしない。ぼくに対して、きみみたいな態度をとる女性はいないよ。ばかげた喧嘩はしたけど、心から謝ったじゃないか」

「階下に行ってお客さんの相手をしたほうがいいんじゃない?」

「マルコスはぼくがかんかんに怒っているのを知っている。きみが何を考えているか聞かないうちは、どこへも行くものか」ニックはオリンピアの髪に指をからませ、そらそうとした顔を自分のほうに向かせた。「今朝はにこにこ笑って……幸せそうだったじゃないか」

「放して」

「放す気はないね、ぼくの奥さん（イネカモ）」ニックはものすごい力をこめて唇を押しつけ、彼女の唇をこじ開けようとした。

オリンピアには予想もしていないことだった。不意を突かれ、抵抗する暇もなかった。枯れ草の束にマッチを落としたようにオリンピアの体に火がついた。体を衝撃が駆け抜け、気がつくと彼の背中に両手を食いこませ、怒りと憎悪と欲望の渦巻くなかでキスを返していた。

ニックは彼女をベッドに押し倒し、両腕を押さえつけてエロチックにキスをした。オリンピアは頭がぼうっとして何も考えられなかった。

「きみはぼくのものだ……」ニックはさっと起きあがり、オリンピアが身につけているものをあわただしくはぎとった。

なんて荒々しいの。これほど手荒な扱いをされたのは初めてだ。オリンピアはかえって興奮させられた。固く熱いものが待ち受けている場所に入ってきたとき、オリンピアはすすり泣き、恍惚（こうこつ）となりながら彼の名を呼んだ。快感が絶頂に達したとき、彼女は背中をそらし、震えながら喜びに浸った。

余韻が消え、オリンピアは目を開けた。

じっと見つめているニックと一瞬だけ目が合った。彼は何も言わずにベッドを下りてバスルームに向かった。オリンピアは横になったまま、懸命に呼吸を整えようとした。

やがてニックがバスルームの戸口から顔をのぞかせた。「こっちにおいで……」

「悪かったなんて言わないで、わたしのほうも楽しんだから」オリンピアは震える声で言った。

ニックは彼女に近づいて片腕をまわし、紅潮している頬に唇を寄せた。「きみにはときどき、頭がおかしくなるほどかっとさせられる。それはなんとかできるにしても、理解できないことはどうにもならない。でも……きみのことを気にしないわけじゃないよ」長い沈黙のあいだ、ニックは必死で言葉を探していた。「きみはぼくの妻だ」

彼はその言葉が何か答えを引きだせるだろうと期待していた。だがオリンピアは黙っている。彼は結局、部屋を出ていった。

オリンピアは赤ん坊のことを考えてみた。ニックが丸々四週間も一緒にいたのは当然だ。もしわたしと別居して、ときどきやってくるとすれば、妊娠までに何カ月もかかってしまうだろうから。でもすべてはもう終わった。目的は果たされたのだ。わたしは赤ちゃんに愛情をそそいで育てるけれど、ほかの女性とベッドをともにしているような夫と一緒に暮らす気はない。

その状況を穏やかに受け入れる気持ちになっている自分に気づいて、オリンピアは驚いた。階段を下りていき、キッチンで見つけた家政婦に簡潔で明確な指示を与える。今夜中に彼はまたわたしを憎むことになるわ。

二組の夫婦は、トヨタ・ランドクルーザーで結婚披露パーティがたけなわの村の居酒屋に出かけた。

オリンピアは、一同に勧められてダンスの輪に入っていくニックを見守った。悲しげな音楽がゆったりしたテンポで始まった。ニックはすべてのステップ、すべてのターンを知っているらしい。居酒屋で漁師たちと肩を触れあわせて踊る姿は、豪華なクルーザーでビジネスの話をするときと同じように自然だ。彼はみんなから尊敬を集めている。同時に女性たちのあこがれの的にもなっているのをオリンピアは見てとった。

音楽は少しずつテンポを速めていき、クレッシェンドになって、いきなり終わった。歓声と拍手がわき起こるなか、オリンピアは席を立ち、テーブルから離れた。

「ミセス・コザキス(キリア)?」化粧室に向かうオリンピアを呼び止めたのは、携帯電話を片手に持ったダミアノスだった。「旦那さまの荷物をオーロラ号に運ばせるのでしょうか? 今日の夕方、屋敷のスタッフに休みをとらせるんですか? 何かの間違いじゃありませんか?」

オリンピアの顔から血の気が引いた。「それでいいのよ」

「でも、旦那さまにそんなご予定など……」

「わたしが予定を立てたの」

ダミアノスは驚いた顔で彼女を見つめた。

「ニックに知らせに行くつもりね」

「みなさんの前では言いません、奥さま。お許しください。でも、ご自分が何をなさっているか、おわかりですか？」

オリンピアはうなずいた。

「旦那さまはひどくお怒りになりますよ」

ダミアノスは信じられない思いのまま背中をこわばらせて歩いていった。オリンピアは目の隅で彼の後ろ姿を見送った。二十年間ニックの世話をしてきた彼のことだ、父親にも似た気持ちになっているのだろう。でも、彼に妨害されるかもしれないと心配するのはばかげていた。オリンピアの計画を前もって知っていたのを明かせば、ニックの心の致命傷に侮辱というさらなる毒を加えることになるのだから、黙っているほうを選ぶに決まっている。

マルコスとサマンサはすでに席を立っていた。人込みをかき分けてニックが近づいてきた。「ほったらかしにしてごめん」彼はオリンピアを抱きしめ、頭のてっぺんに無造作にキスをした。

ニックは上機嫌だった。サマンサと一緒にランドクルーザーに乗りこみながら、オリンピアは確信した。彼はこれから何が起こるか気づいていない。

二十分後、スタポロス夫妻はヘリコプターで帰っていった。オリンピアは屋敷のなかに入ろうと急ぎ足になった。手はすでにバッグのなかで写真と新聞記事を探している。ニックはすぐ後ろにいた。

9

ニックは上着を玄関ホールの椅子にほうり投げ、帰宅や外出のときは必ず挨拶(あいさつ)に来る使用人たちが出てこないので、眉をつりあげた。「みんな、どこへ行ったんだ？　まるで幽霊船みたいにひっそりしているじゃないか」

オリンピアは息を吸った。「わたしがみんなに今夜は休んでいいと言ったの」

ニックは顔をしかめた。

「だったら、料理してもらえるかな……おなかがすいてるんだ。ぼくはシャワーを浴びてくる」すでに階段の手すりをつかんでいたニックは、彫像のように身じろぎもしない妻を振り返った。「オリンピア？」

「二階に行っても無駄よ。あなたの服は全部かばんに詰めてオーロラ号に送ったわ」

「頭がおかしくなったんじゃないのか？」

「いいえ、わたしは正常よ。今朝、言いつけておいたの」

ニックは彼女に怒りの視線を投げた。「今朝何か問題があるのかときいたとき、どうして正直に打ち明けてくれなかったんだ。とにかくシャワーを浴びてくる」

「シャワーですって？」

「そのあいだに、オーロラ号からぼくの服を持ってこさせるんだ。ぼくは着替えたい。言うとおりにしなかったら、大変な目にあうぞ」

階段を上っていくニックをオリンピアは信じられない思いで見守った。いきなり憤りがこみあげ、硬直していた体が動きだした。オリンピアは階段を一気に駆けあがり、先回りした。

「かんしゃくを起こした子供みたいなまねをするからには、ちゃんとした理由があるんだろうな」

「からかわないで」オリンピアはくしゃくしゃになった写真と切り抜きを彼の足元に投げつけた。「これよ！　あなたとあなたの性悪女よ！　これでわかった？」「なんの話だ？」

「性悪女？」ニックは足元に目を落としたが、拾おうともしない。

オリンピアは彼に殴りかかった。そうするつもりはなかったし、考えてもいなかったのに、めまいがしそうなほどの怒りにかられ、彼の肩や胸めがけて拳（こぶし）を突きだしていた。

不意を突かれたニックは危うくバランスを崩しかけたが、必死に手すりにつかまって立ち直った。彼は階段を上りきり、オリンピアの両手首を力をこめて握った。

「何（クリスト）をするんだ！　気はたしかか？　結婚前につきあっていた女性がきみとどんな関係が

あるというんだ？」

彼の手はびくともしない。オリンピアは木の葉のように身を震わせ、歯を食いしばった。

「結婚式のあと、一週間も彼女と一緒だったくせに」

ニックはオリンピアを放し、かがんで写真と切り抜きを拾った。「どこでこれを手に入れた？」

「性悪女がよこしたのよ」

「性悪と呼ばれるような行動をする女性はきみだけだ。さあ、一回深呼吸して、この写真をどうやって手に入れたか話すんだ」

「言い逃れをしようとしても無駄よ」オリンピアは、オーロラ号の鏡に書かれていたメッセージと雑誌の記事の話をした。

「この写真はどこから届いた？」

「ハンドバッグに入っていたわ」

ニックは軽蔑もあらわな顔で写真を握りつぶし、床に投げ捨てた。それから何か意を決したのか階段を駆けおり、上着のポケットから携帯電話をとりだして誰かとギリシア語でしゃべりだした。

「何を話していたの？」やがて電話をほうり投げたニックに、オリンピアは詰め寄った。

「ダミアノスがこの汚らわしい事件を調べて、犯人を突き止める。すぐに話してくれたらよかったのに。雇人の誰かがこんな恥知らずな行為に手を貸すなんて、実に腹が立つ。きみが動揺して悲しんだのも無理はない」

「悲しんでなんかいないわ、怒ってるのよ」

「きみがどんな思いをしたかよくわかった。とり乱していたのももっともだし、今日ぼくが見たかぎりでは礼儀正しくさえしていたのには、感心するよ」

「よけいなことを言って、本当の問題から話をそらすつもりなの？　ばかにしないで」

「あの写真は一年以上前のものだ。残念ながら、タブロイド紙に掲載されたのを見るまで、写真を撮られていたとは気づかなかった。結婚式のあとの一週間は女性と一緒にいたわけじゃない。そしてあの腹立たしい新聞記事について言えば、あとで取り消しと丁寧な謝罪文が掲載された。さらにつけ加えたいのは、すべてをたくらんだのがジゼルだとは思えないということだ」

彼女をかばうニックにオリンピアは別段驚かなかった。「そう言うのは当然よね」

「つまり、そんなタイプじゃないんだ。ジゼルは執念深い性格じゃないし、ぼくたちは円満に別れた。でも、きみにこんないやがらせをする動機を持った人間が誰かいるだろうか？」

「カテリーナ……」あくまで推測だったが、口に出さずにはいられなかった。

「ばかな」

ニックは充分に説明したという思いで満足そうだが、オリンピアには別の見方が浮かんだ。

「そう、わたしをばかだと思っているのね」

「もうこんな話はたくさんだ。謝罪記事を見せることもできるんだぞ。結婚式のあとジゼルのところにも行ってない！」

「そうは言っても、あなたなら写真家にお金を渡して、写真を撮った場所に関して嘘をつかせることもできるわ。裁判に持ちこんだらすごい費用がかかるぞって新聞記者を脅したのかもしれないし。新聞社が持っている証拠が写真だけだとしたら、写真には日付がないのよ！　それ以外にあなたがジゼルと一緒にいた証拠をつかんでいなければ、脅しに負けたかもしれないでしょう？」

「ぼくが嘘をついていると言うのか？」

「あなたは、わたしと結婚しても、したいことはなんでもするって言ったもの」

「ぼくがしたいようにしていたら、きみは今ぼくの足元で許しを請うているさ！　どうしてぼくの言うことを疑うんだ？」

「罠にはまるのも一度なら不注意と言えるけど、二度目になると、あなたは百パーセント女たらしだという証拠だわ。わたしは女たらしと一緒に住むつもりはありませんから」

「二度目？　いったいどういうことだ？」

「十年前あのナイトクラブで誰かが飲み物に強いお酒を入れたという話を信じたわたしがばかだったわ。あの性悪女がからんだ今回の話も誰かの陰謀だと言っても、信じるなんて無理よ」

「きみはジゼルに関するでっちあげを十年前の事件と結びつけているのか?」

「なぜそんなにあきれた顔をするの? あなたは一度だってわたしの言うことを信じないのね。ルーカスとの件だって、わたしよりほかの人の言葉を信じていたし」

「駐車場での出来事をまた蒸し返して議論しようというつもりか?」

「わたしがあなたを信用しないのは、あなたがわたしを信用していないからよ。わたしたちは結婚したわけじゃないし。ただ契約しただけで——」

「黙ってぼくの話を聞け」ニックは荒々しくさえぎった。

オリンピアは首を振った。「わたしは契約の義務を完了したわ」

ニックはつのる怒りを抑えられず、両腕を大きく広げた。「もしきみが〝契約〟という言葉をもう一度口にしたら——」

「わたし、妊娠しているの。だから今すぐ出ていって。わたしをひとりにして」

瞬時にニックは凍りついた。闇(やみ)のように黒い目で、青ざめたオリンピアの顔を見つめている。それは永遠にも等しい時間に思えた。「妊娠した?」声に狼狽(ろうばい)と不信感がありありとにじんでいる。「もう妊娠しただって?」

「そうよ、あなたは目標に向けて必要以上に頑張ったわけよね」

「ああ、神さま……妊娠したんだ」ニックはまだショックを受けていたが、しだいに父親になる喜びがこみあげてきたらしい。「きみはどうかしているんじゃないのか。ぼくをぶったとき、けがでもしたかもしれないのに」彼はたくましい腕で注意深くオリンピアを抱きあげた。「静かに横になったほうがいい。赤ん坊のことを考えないと」

態度が豹変したのにオリンピアが困惑しているうちに、彼は廊下を大股に寝室へ向かった。

「ニック……わたしはこの家でひとりになりたいって頼んだだけよ」

「本気じゃないだろうな」

「本気よ！」

ニックは重いため息をつき、彼女をベッドに横たえた。「感情が高ぶっているんだね。ぼくはきみと喧嘩する気はないよ。きみがぼくを疑う充分な理由があるのはわかった。きみの言うとおり、ぼくを罠にかけたのはジゼルかもしれない」ニックはオリンピアの体を撫でて落ち着かせようとした。怒りを忘れ、冷静に自制心を働かせている様子がオリンピアの感情を刺激した。

「妊娠したからわたしを好きなところに置いておけると思っているのね！」彼女はまくしたてた。「そうはいかないわよ。母の面倒は祖父が見るでしょうから、それでわたしを縛ることはできないわ。もしあなたがこの家を出ていかないなら、わたしが船に乗ってどこかへ行くわ！」

「乗組員がいないし……誰にしたって、今オーロラ号を出航させるのは無理だ」

オリンピアは身震いした。

「あなたにこれ以上自分勝手なまねをする権利はないわ」

「レベルの低い話はしたくないが、そんなふうに思っているのなら、どうして今日の午後、愛しあうのに応じたんだ？」

オリンピアの顔が真っ赤になった。「あれはセックスでしょう。したい気分だったから応じただけよ。わたしがあなたに夢中なのを知っているから、これはただの大騒ぎだと思っているのね……でも違うわ。わたしが祖父のお金目当てで結婚した男性を好きになるようなばかだと思っているの？」

ニックがさっと顔を上げた。ここまでは滑稽だと思っていたかもしれないが、今は違う。

「お笑いだわ。あなたのようにあらゆる点で優秀な人が、マノリス産業を手に入れるために、浮気女と思っているわたしと喜んで結婚したとはね」

ニックは一瞬動かなかった。顔から血の気が引き、目が氷のように冷たい光を放つ。それ以上何も言わず、彼はきびすを返して部屋から出ていった。

「帰ってこないで！」その背中に向かってオリンピアは叫んだ。

五日後、ニックの弟ペリが訪ねてきた。

「いらっしゃい、ペリ」オリンピアは彼を居間に通し、弱々しくほほ笑んだ。

ペリはオリンピアの落ちくぼんだ目と赤くなった鼻の頭をしげしげと見た。「オリー、嘘をついても仕方がないから言うけど、ひどい顔をしているよ」

どっと涙があふれそうになり、オリンピアはこみあげてきたものをのみくだした。

「ニックは泣いてないけど、爆発寸前だ。顔を合わせないですむ連中は、そばに行くのを避けてるよ」

「彼はどこにいるの？」

「アテネの自分のアパートメントで仕事をしている。母が結婚は失敗だったとほのめかしたら、生まれて初めて、親に向かってどなったんだ。それで父が母をかばおうとした。そうしたら、ニックがもう少しで父をぶん殴りそうになって……本当だよ。オリー、きみが幸せじゃないとしても、家族のなかでつらいのは自分だけではないとわかってほしい。うちでは食事時に喧嘩なんかしなかったのに」

「わたしのせいじゃないわ」

「座ってもいいかな、それとも今やぼくも敵側の人間と思われているのかい？」

オリンピアはさっと顔を赤らめた。「もちろん座ってちょうだい。何か飲む？」

「いや、ありがとう。五分だけ話を聞いてほしい。ニックはぼくがここへ来たのを知らないし、万一知られたら頭の皮をはがされてしまう」

「ニックのことを話しあうなんてできないわ。いいやり方とは思えないもの」

「でもぼくの話を聞いているだけならいいだろう？　結婚式の次の週に新聞に出た下品な記事が、きみと兄貴がもめた原因かい？　うなずくか首を振るかしてくれないか、オリー」

オリンピアは体をこわばらせ、それからうなずいて、首を振った。

「どういうふうに受けとればいいんだ？」ペリはうめいた。

オリンピアは肩をすくめた。胸にくすぶっているものを誰かに打ち明けられたらどんなにいいか。でもペリを利用するのはフェアじゃない。

「わかったよ……兄貴はきみを置き去りにしていたあいだ、スイスに山小屋を借りて泥酔するまで酒を飲んでいたんだ」ペリの話にオリンピアは目を丸くした。

「兄貴がハネムーンを抜けだしたって知ったのはまったくの偶然だった。例の新聞記事が出たとき、兄貴に知らせようとしたのに、どうにもつかまらなくて。ぼくは好奇心の塊だから、行方を突き止めるまであきらめなかった。兄貴も見つけられて大喜びしたわけじゃないけど」

「ひとりで飲んでいたんじゃないわよね？」

「いや。ひとりになることはまずないね。ダミアノスが必ずそばにいる。ダミアノスは大のアルコール嫌いだから、山小屋の雰囲気が仲よく酒盛りってわけにいかなかったのは想像できるだろう。兄貴が酔っ払っているそばで、ダミアノスはせっせとコーヒーをいれていた」

「なぜそんなに飲んだの？」

「兄貴の言葉を借りるなら〝解決したい問題〟があるかららしい」

「わたしもそうよ。でも、どうしてスイスに？」

「ハネムーン中と思われている有名人に、そうたくさん隠れ場所はないからね。新聞記事の話をしたら、兄貴は怒りで酔いが醒めたようだった。最後の日は弁護士と一緒にその件を片づけるのにかかりきりだった。どう見ても、ジゼルとプールで抱きあって楽しむ場面はありえない」

「彼のために嘘をついてるんじゃないの？」

「もしジゼルと一緒だったのなら、ぼくはこの件に無関係でいたいし、きみに会いに来たりしないよ」

オリンピアは唇を噛んだ。「ニックは女たらしだわ」

「ああ、十年前きみに会うまではそうだった。きみと別れたあともそうだった。でもきみとつきあっているときはそうじゃなかった。今だって同じだよ」

涙があふれ、オリンピアの頬を濡らした。「あなたの気持ちはありがたいと思っているのよ、ペリ。でももう遅いの。昔いやな事件があって、わたしたちのあいだではいつでもそれが問題になるの。だからわたし、こう言えば彼が出ていくとわかっている言葉をわざと言ったのよ」

好奇心もあらわにペリが期待のこもったまなざしを向けてくる。

「これ以上は言わないわ。もう言いすぎたもの。夕食までいられる?」いてほしかった。なぜならひとりで寂しかったから。

「ごめん。ニックにどこへ行ったかきかれると困るから、もう帰るよ」ペリは立ちあがった。

オリンピアは背伸びしてペリの頬にキスをした。自分を助けてくれようとした彼に対する感謝のキスだった。「あなたはニックとはずいぶん違うのね」

「ぼくは両親が二人目をすっかりあきらめたころにできた子で、すごい甘ったれだったんだ」

「ニックは違うの?」

「ああ。ニックは暗がりが怖いと言うと、男らしくないと叱られていた。ぼくは寝るときでもドアは開けっぱなしだし、明かりも消さないし、父が手を握って話を聞かせてくれた。ニックは軍隊式の寄宿学校に入れられて、水のシャワーや突撃訓練で厳しく鍛えられたらしい」

「あなたはどんな学校へ行ったの?」

「家の近くの学校で、寮に入ったことはない。寄宿学校に行くよう言われたとき、わあわあ泣いたら、それきり話が出なくなった」

ペリはオリンピアに考える余地をたくさん残して帰っていった。

ジゼルのもとへ行ったと非難されたとき、ニックはやましそうでもなかったし、うろたえもしなかった。ただ怒り狂っていた。あの写真がどうして手に入ったのか突き止めたい、前の愛人の存在を密告しようとした犯人を捜したいという気持ちだけのようだった。そしてオリンピアにはわけがわからなかった。そして何より妙なのは、そもそもニックが浮気をしたと本当に信じていたのかどうか、今となっては自分でも確信がないことだ。

だけど、ニックのお母さんが結婚は失敗だったと言ったのは、彼が自分の結婚に問題が発生しているのを知らせたからにちがいない。妻だけでなく家族にまでそんなに大事な話をしているのは、ニックが離婚を考えているからではないかしら?

オリンピアは今でもほとんど毎日母に電話していた。嘘をつかずに真実を悟られないようごまかすのは、ひと苦労だ。アテネ郊外にある祖父の屋敷で暮らしている母は、新婚の娘が招待してくれるのを心待ちにしている。オリンピアはニックが仕事で遠くにいるとか、自分がものすごく忙しいとか言わざるをえなかった。

その日の午後、電話が鳴った。オリンピアは明るい声で電話に出た。「ママ?」

「ニックだ」彼らしくない、弱々しい声だった。

「大丈夫なの?」オリンピアはすぐさま尋ねた。彼の声を聞いたとたん、プライドも自制心も消えうせた。「あんなことを言ったわたしが、大丈夫なんてきくのはおかしいかしら」

「ぼくは大丈夫じゃない。いいかい、午後八時にアテネに着くようヘリコプターで迎えに行かせる。そのときに会おう」

「ニック?」

「なんだい?」

オリンピアの目がまたしても涙で潤んだ。「わたし、とってもみじめなの」

「きみは欲しいものを手に入れたじゃないか。ぼくの気に入っていた別荘も赤ん坊も。そしてぼくを追いだした」

「でもあなたも欲しいの!」彼女はすすり泣いた。

沈黙が流れ、オリンピアの張りつめた神経が切れそうになるまで続いた。

「なんと言えばいいんだ」返事をしてもらう望みを捨てようとしたとき、彼のうなり声が聞こえた。

「いいの……心配しないで……無理だとわかっているもの」

どっと涙があふれた。オリンピアは電話にクッションを二枚かぶせ、それが何度も鳴るのを聞きながら無視しつづけた。ニックは正しかった。わたしは二人が築きあげた関係を台なしにした。二人で一緒に暮らせる望みがあったかもしれないのに、わたしがすべてぶち壊してしまったんだわ。

アテネへ行くのに、オリンピアはシンプルな黒いドレスを選んだ。ヘリコプターを降りた彼女を乗せたリムジンは、混雑する通りをゆっくり進んでいく。悲嘆に暮れていたオリンピアは窓の外も見ていなかった。車が止まったとき、目の前に巨大な石造りの建物があった。ニックのアパートメントやオフィスではなく、コザキス一族の屋敷に連れてこられたと知って、オリンピアは驚いた。

使用人にうやうやしく案内された先は、すばらしい装飾がほどこされた昔風の大広間だった。

「オリンピア……」

振り向くと戸口にニックが立っていた。彼女はたぐり寄せられるように近づいていった。

「いくつかきみに言っておきたいことがある」

オリンピアは衝撃を受けた。彼は最後に会ったときより痩せ細り、顔色も悪い。

ニックは彼女を本棚の並ぶ部屋に案内した。「まず言っておくけど、結婚前にきみがサインしたあの不愉快な婚前契約書はすべて破り捨てた」

オリンピアはたいしてうれしいとも思わなかった。彼はきっと罪の意識に目覚めたのね。

ニックが彼女の手をとった。「きみはぼくが財産目当てで結婚したと非難したね。ぼくがスピロスと交わした契約が本当はどんなものか言わなかった報いを受けたわけだ。ぼくはマノリス産業の経営を引き継ぐかもしれないが、今のところの所有者はスピロスだし、この先会社をどうするかも彼の一存で決定する」

オリンピアはあっけにとられた。「でも……」

「スピロスは反対したけど、ぼくが主張したんだ。当時はぼくたちの結婚が離婚に至ると確信していたから。でも、たったひとつ最後の問題があった。間違いなくいちばん重要なことが」

赤ちゃんだわ。子供との面会の権利を主張するのかしら？　オリンピアは喉を引きつらせた。

「実に簡単なことだったのに、理解するのに長い時間がかかった。ルーカス？　あの一件は問題じゃない。もっと大事なことに比べたら、本当にささいな話だ」

「ささいな話ですって？」

「きみは、ぼくが昔の恋人と抱きあっているのを見て報復を考えた。少なくともあのときはそう思えたし、それでつじつまが合った。ぼくはきみを純真で完璧な存在として崇め、きみがそれに反する行動をしたとき、打ちのめされた。十年間その恨みを引きずるうちに、復讐の気持ちは強くなる一方で、理屈も何もなくきみを憎んだ」

「わかるわ。わたしも同じだもの」

「そしてきみとルーカスのことを考えると」ニックは続けた。「その問題を解決しようとすると、ぼくは十九歳のときに戻ってしまうんだ。だから大人の男じゃなく、子供のように反応してしまう。そこをきみに理解してほしいんだ」

頭のなかがぐるぐるまわっている。ニックは心を開き、正直に打ち明けている。彼はついにわたしが無実だと認める気になったのかもしれない。

「きみはぼくが欲しいと言った……帰ってきてほしいという意味だったのかい？」

オリンピアの翡翠(ひすい)色の目が暗い金色の目とぶつかった。「帰ってきて」即座に言葉が出た。

ニックは大きく吐息をもらし、オリンピアの体をひしと抱きしめた。走ってきたばかりのように彼の心臓がどきどきしているのが伝わってくる。やがて彼は頭を起こし、彼女の頰を両手で包んだ。

「カテリーナが来ている」

「カテリーナが？」

「おじいさんもいるよ」

「なんですって？」知らされたばかりの二つの事実にオリンピアは衝撃を受けた。

「ルーカスは別として、十年前の婚約破棄に関係している人たちを全部集めた」ニックはオリンピアと一緒に大広間を抜け、応接間に向かった。「みんなは食事を終えたところで、きみが来るのは知らされていない。ぼくが計画したんだ」

「計画？」オリンピアがきき返したとき、ニックはすでにドアを開け、一歩下がって彼女を通そうとしていた。

10

五つの顔がドアのほうを向いた。オリンピアの出現に、三つの顔は程度の差こそあれ不快感をあらわにした。

驚きよりもむしろうれしそうにしているのは祖父だ。ニックの弟ペリは満面の笑みで歓迎してくれた。いつも気難しそうに見えるニックの父親アキレスは、少しこわばった顔つきになった。カテリーナの隣でくつろいでいた母親のアレクサンドラは、不安そうに体をこわばらせている。そしてカテリーナは？　まじまじとこちらを見つめ、それから口元に大きな笑みを浮かべた。

カテリーナは嘘(うそ)が暴かれることになんの恐れも感じていないのね。オリンピアは苦い思いで席に着いた。彼女が嘘をついたという証拠が何もないのに、どうやって対決したらいいの？

ニックが口火を切った。「みんなに話がある」

一同は好奇心にかられ、軽く姿勢を正した。だがニックが何を話すつもりかわかったとき、オリンピアは不快になり、困惑した。結婚式の日に船の鏡に残されたメッセージのこと、妻に見せたくなかった新聞記事のことが語られる間、そこに座っているのは地獄にいる思いだった。バッグに忍ばせてあった写真に話が及ぶころには、どうにも居心地が悪くて落ち着かなかった。

アキレスは苦々しげな顔をしている。「実に不愉快なやり方だ」

ジゼルの名前を聞いただけで冷ややかな表情になったアレクサンドラも、すかさず言った。「そんなことをするのは相当意地の悪い女だわ」

「嘆かわしいかぎりだ！」スピロスは孫娘のために心から困惑しているようだ。

「なぜジゼルが好きになれなかったか、これでわかったよ」ペリが顔をしかめて言う。

「本当にひどい目にあったわね！」カテリーナはいかにも同情しているようにオリンピアを見た。

「ぼくの妻にこんな罠を仕掛けたのは誰かな？」ニックが穏やかに問いかけた。

なんてばかな質問をするのというように、一同はけげんな顔になった。

「犯人はジゼルではなかった」ニックが上着のポケットから書類をとりだした。「犯人は家族のひとりだ。この家でぼくが子供のころから仲よくしてきた、みんなが信用し、面倒を見てきた人間だ」

カテリーナが蒼白になったのを見たとき、オリンピアはすべてを悟った。

「うかつだったな、カテリーナ。ダミアノスは一流の探偵だよ」

部屋中が騒然となった。ニックの両親は激高し、どうやらカテリーナを弁護する言葉をギリシア語でまくしたてている。カテリーナは泣き崩れ、涙で顔をくしゃくしゃにした。

「ギリシア語で話すのはやめてくれ」ニックが威厳のこもった声で言った。「オリンピアのギリシア語は上達したけど、父さんたちのしゃべり方は早すぎるし、何を言っているか相手に伝わるようにする義務があるはずだ。それにカテリーナを慰めるのにかかりっきりになる前に、どうしてあんなまねができたのか、説明を聞いたほうがいい」

結婚式の一週間前、カテリーナはコザキス夫妻とオーロラ号に乗っていた。彼女はオリンピアのメイドに金をやり、計画を実行させたのだ。

ニックは父親に報告書を手渡した。「メイドはハネムーンのあいだ、カテリーナと定期的に連絡をとっていた。カテリーナはスペインに飛んでメイドに会い、写真を手渡した。二人が会っているのを船の乗組員が目撃している。写真を売ったカメラマンはカテリーナに会って同一人物だと証言した。証拠は動かせないよ」

「どうしてわたしがそんな恐ろしいことをすると思うのよ?」カテリーナが泣きだした。

「なぜなら、これが初めてじゃないからよ」無意識のうちにオリンピアは言っていた。彼女はゆっくり立ちあがった。

「どういう意味かしら?」カテリーナの声が険しくなった。もう敵意を隠すつもりもないようだ。

「十年前にニックとわたしが婚約したとき、あなたはわたしたちの仲を壊す決心をしたわ」

「なんの話だかわからないわ」

「なんだって！」ニックがいきなり叫んだ。「十年前、きみはルーカスとオリンピアが車のなかでお楽しみの最中だったのを見たと言ったじゃないか！」

「もういいわよ」カテリーナの言い方はそっけなかった。「ルーカスと組んで、あなたたちをはめたのはわたしよ。ルーカスとオリンピアのあいだには何もなかったわ、すべてはわたしの作り話。さあ、これで満足した？」

「なぜだ？」ニックが荒々しい声をあげた。「ぼくの婚約者になぜそんな汚い手を使った？　きみはぼくのいとこで、ルーカスは友達だったのに」

カテリーナは答えるのを拒み、顔をそむけた。

「彼女はあなたが好きだったのよ、ニック」オリンピアはため息をついた。「ちょっとした恋心以上のものだったのね。カテリーナに言わせれば、わたしはよそ者の侵入者だった。それでずっとわたしを憎んでいたのよ」

「まったくあきれたものだ」アキレスがオリンピアに顔を向けた。「カテリーナの話をなんの疑いもなく信じこまされていたとは」

「本当に気分の悪い話だわ、カテリーナ」アレクサンドラは涙ぐんではいるものの、声は冷静で落ち着いている。「あなたはわたしの息子を傷つけて苦しませただけでなく、オリンピアの評判を台なしにしたのね。今になって思い返すと、オリンピアはあなたの友情を温かく受け入れていたのに。あなたがこんなに恥知らずだったとは。それがいちばんのショックだわ」

みんなに激しく非難されて、カテリーナの顔がこわばった。

「ルーカスはどういうつもりだったのかな？」ニックが吐息まじりに言う。

「あんなことをして、ひどく酔っ払わずにはいられなくなったみたい」オリンピアが優しく慰めるように答えた。「つらそうだったわ。でもコザキス家とマノリス家が結びついたら、自分の一族は商売で太刀打ちできなくなると思いこんでいたの」

やっと真相を理解したニックは、唖然とした表情になった。「そうか。考えてみれば、その可能性はあったわけだ。でもあのときは思いつきもしなかった。なんてことだ……どうして頭が働かなかったんだろう？」

「少なくともルーカスのご両親が亡くなった息子さんにそんな面があったのをご存じないのは、不幸中の幸いだ」アキレスはカテリーナに向き直り、最後通告を出した。「今、車を用意する。もう二度とこの家で歓迎されようなどと思うな」

カテリーナは椅子を蹴って立ちあがり、ドアに向かった。「ニック、あなたはわたしを妻に迎えることもできたのに、ロンドンの裏町にいた片親のくずを選んだのよ。あなたにはお似合いだわ！」

カテリーナのすさまじい怒りと暴言に、ニックの両親は滑稽（こっけい）なほど縮みあがった。初めて見る彼女の一面だったにちがいない。

「そう、オリンピアはぼくにとってまたとない相手だ」ニックが苦い思いをこめてつぶやいた。

「アキレス、きみの一族は威勢がいいな」スピロスは驚嘆している。「しかし、今出ていった娘は蛇のように邪悪だ。今後オリンピアがまた攻撃を受けることがないよう願いたいものだな」

「これ以上問題は起こさせませんから、ご安心を」とり乱している妻の肩をさすりながらアキレスが言った。「今夜のことで、あれがどんな娘かよくわかりましたよ」

「いや、まったく」スピロスはオリンピアの手をとり、立ちあがらせた。「それでは、わしは孫娘をうちに連れて帰ることにしますよ」

「連れて帰る……」オリンピアは祖父のさりげないひと言に驚いた。

ぼんやりしていたニックが振り返り、激しい勢いで詰め寄った。「いったいどういうことですか？」

「連れて帰るんだ。孫娘の相手にきみはふさわしくない。わしのところで相応な扱いをし、面倒を見てやるつもりだ」

「スピロス、ニックはわれわれ同様ショックを受けている」アキレスが口をはさんだ。「過去だけでなく現在も含めて、みんなでオリンピアにひどい扱いをしていたのを知ったし、改める気持ちは充分にある。われわれは間違いや偏見に気づいて、つらい思いをしているんだ」

「さあ、行こう、オリンピア」決意を固めたスピロスは孫娘をぐいぐい引っ張っていく。戸口で一瞬立ち止まり、別れの言葉を放った。「ニック・コザキス、きみはすばらしい女性を失ったな！」

足早にコザキスの屋敷を出たところで、スピロスはにやりと笑った。

「これであいつも少しはましなことに頭を働かそうとするだろう。やつらの顔を見たか？みんなで泣いたり、わめいたりしておった。わがマノリス一族には行動あるのみだ」

「でもわたし、ニックと離れたくないの」オリンピアは弱々しく抗議した。

「わしは自分が何をしているかよくわかっているつもりだ」スピロスは待たせてあったリムジンに孫を乗せた。「一時間だけおまえを盗みだしたんだ。結婚中の身なんだから、ニックがわしの家に来て泊まるのは歓迎するぞ」

「今ここにいないのにどうやって泊まれるの？」

「ニックは、罪の意識と無念さでどん底に落とされたにちがいない。もしかしたら感覚が麻痺(まひ)しているかもしれない。気の毒にな。しかし自分の妻が引きずられていったのを見れば、感覚は戻るさ。今ごろは怒り狂っているだろう。そのほうがずっと健康的だ。数時間以内にニックがわが家の玄関をたたくのは間違いない。だが、おまえのことを見くびってひどい扱いをしたのはわしも同罪だ。われわれも仲直りする必要がある」

祖父と孫娘はめでたく和解したが、オリンピアはニックがすぐに追いかけてくるという祖父の信念には疑いを持っていた。

祖父の屋敷に着くと、母が熱狂的に出迎えてくれた。すばらしく体調がよさそうだ。

「元気そうだろう?」祖父が得意げに言う。「ギリシアのいい空気が奇跡をもたらしたんだな」

オリンピアも祖父も今夜の事件を話して母をとまどわせる気はなかった。その代わり、オリンピアは妊娠のニュースを告げた。祖父は驚喜してシャンパンのコルクを抜き、母は興奮ぎみにニックはどこにいるのかと尋ねた。

「明日の朝食にはニックも同席しているさ」オリンピアのこわばった顔を無視してスピロスは宣言した。

母は娘を広々とした客用寝室に連れていき、ソファの端に座って赤ちゃんのことをあれこれ話しはじめた。やがて母が小さくあくびをもらしたので、オリンピアは自分の部屋に行ってベッドに入るよう勧めた。玄関をノックする大きな音がしたのは、そのあとだった。

祖父は得意満面の表情で客用寝室の戸口に現れたが、何も言わずに一歩後ろに下がった。そしてニックが姿を現した。

髪はくしゃくしゃで、シャツはだらしなく、ネクタイもしていない。ひげが色濃く伸び、顎の線を際立たせている。それでもオリンピアには魅力的に見えた。胸がどきどきして息が苦しい。

沈黙に耐えきれず、祖父がニックの背中をどんとたたいた。「さすがのわしも、こんなに早く曾孫(ひまご)に会えるとは思わなかったぞ!」それからありがたいことに二人を残して出ていった。

手荒い祝福を受けて、ニックは動けなくなっていた。「ぼくはきみにほとんど選択の余地を与えなかったね」

「わたしは赤ちゃんができてうれしいわ」

「きみは喜ぶべきだと思ってるんだろう?」ニックはため息をついた。

「わたし、本当にうれしいのよ」オリンピアは根気よく繰り返した。彼の浅黒い顔に緊張がみなぎっている。「どうしてこんなに遅くなったの?」

「リムジンが故障したので、タクシーをつかまえたんだが、渋滞に引っかかってしまった。とうとう、ダミアノスが後ろでぶつぶつ言うのを聞きながら歩く羽目になった」

オリンピアは笑いがこみあげるのをやっとの思いでこらえた。

ニックがごくりと喉を鳴らした。真剣な目でオリンピアを見つめ、深いため息をもらす。

「苦しいくらいきみを愛しているのはわかっているだろう」

オリンピアはベッドから立ちあがり、彼の腕のなかに身を投げた。

ニックはその体を受け止め、しっかりと抱きしめた。「ほかにもいろいろ言うつもりだった。でもいざとなったら、愛していると言う以外、言葉を思いつかない」

「ばかね」オリンピアは声を詰まらせた。

「十年前、ぼくはなんでも知っていると思っていたのに、何も知らなかった。あの二人が嘘をついていると気づくべきだった。自分自身のばかさ加減が許せないんだから、きみに許せるはずがない。ぼくが二人の関係をだめにしてしまったんだ」

「わたしたちは若すぎたし、体面ばかり気にしていたから、正直になれなかったのよ。わたし、もう過去を振り返りたくないわ。カテリーナのような人を避けるのは無理よ。彼女は頭がよくて説得力があるもの。親友だと思って信頼していたのが、あんなふうに裏切られて、ショックだったわ」

「ダミアノスが写真の線を追ってカテリーナにたどり着いたとき、ぼくはがっくりした。きみが彼女について言っていたのは本当だったんだね」

「いつわかったの?」

「ゆうべ遅く。ぼくはすぐさまクリトス島に飛んでいきたかった。でもカテリーナと対決するほうが先だし、きみもその場に居合わせる権利があると思ったんだ。きみにあらかじめ言わなかったのは、何かの形できみが彼女に警告を発して、彼女がガードを固めてしまうんじゃないかと恐れたからだ。ぼくたちは十年前に彼女が何をしたか決定的な証拠を持っていたわけじゃない。でも、きみのために彼女の口から真実を言わせたいと思った」

「写真の件も彼女の仕業だと突き止めてくれてありがとう」

ニックはかぎりない後悔の念に襲われた。「カテリーナはずいぶんひどいことをしたんだな。だけど、ぼくの心にはずっときみしかいなかった」

オリンピアはニックにひしと抱きついた。彼のぶっきらぼうな告白に涙があふれてくる。

「ぼくはすでに克服した、その……」

「わたしとルーカスのあいだに何かがあったという不愉快な感情を、でしょ？　それはもうわかっていたわ。カテリーナが、わたしたちの結婚は出会う前からお膳立てされていたって言ったんだけど、知ってる？」

「何をばかな！」

「そうね。どうしてわたしはそんな途方もない話を信じたのかしら」

「仕組まれた結婚なんかじゃないさ。でも、きみに会う前の年にスピロスのオフィスできみの写真を見たのはたしかだよ。きみは白い猫を膝にのせて座っていた。笑顔がすてきだったから、これは誰ですかときかずにいられなかった。スピロスはぼくがきみに惹かれたのに気づいて、だからこそきみがギリシアに来たとき、ぼくを招いてくれたんだと思う。彼に下心がなかったとは言えないね」

出会う前からニックがそんなふうに思ってくれていたと知って、オリンピアはうれしかった。「お父さまたち、少しは落ち着かれたかしら?」

「きみにひどいことをしたと言って動揺していたよ。そのつもりはなくても、カテリーナにぼくと結婚する希望を与えたのではないかと心配していた」

オリンピアは話題を変えた。「ねえ、あなたは本気で結婚式のお客さんの前でわたしを家族に突き返すつもりだったの?」

「そうすると思わせたんだ。きみがぼくのオフィスに乗りこんできた瞬間から、ぼくにとってすべて一からやり直しが始まった。でも今度はぼくの条件でやらなければならなかった。それなら自制心が保たれているのを実感できるからね。それから結婚式の夜、愛しあったとき、すべてがめちゃくちゃになった……」

「どういうこと?」

「きみが船に酔ったとき、ぼくの望みはきみの面倒を見ることだけだった。それから二人でベッドに横になって話をしたのも、とても自然な感じで違和感がなかった。ぼくたちは一度も離れたことなどなかったみたいだった」

「本当に?」オリンピアは喜んだ。

「そのとき急に、まだ自制心を保っていると自分をだますことはできないと思った。だから次の日、出ていったんだ。自分の感情を持てあまして」

「どんな感情？」

ニックは自嘲ぎみの笑いをもらした。「それがわかっていたら、出ていかなかったよ。ぼくはスイスに飛んで、おそろしくみじめな気持ちを酒で晴らそうとした」

「わたしもみじめだったわ。それで、どんな結論が出たの？」

「ぼくは困った状況にある。スイスにいるよりきみと一緒にいたい。細かく分析する気になれない感情を抱えている。それが結論だった。そこでぼくはスペインできみとまた合流した。自分の感情について考えるのはやめにした。ぼくは実に幸せだった。あのばかげた婚前契約書が、ぼくに関するかぎりすぎた条件だとはわかっていたけど、あのときのきみがどんな気持ちかわからなくて……」

「それであなたは何か言おうとしていたのに、わたしが……」オリンピアはからかうようにニックを見た。

「きみはまだ何も言ってないじゃないか」

「今回はあなたの番よ。わたしは十年前に言うべきことは全部言ってしまったもの」オリンピアは背伸びして、ニックの首に腕を巻きつけた。「愛しているわ、ニック・コザキス」

暗い金色の目が翡翠色の目を見つめる。「完全にあなたに夢中で、永遠に愛する、だったね」

「すごい記憶力ね」ニックは十年前のわたしの言葉を覚えていてくれた。彼はこの言葉を宝物のように大切にしていたんだわ。オリンピアは胸がいっぱいになった。

揺りかごに寝かされた小さな娘アリッサは、ふさふさした黒い巻き毛と海を思わせる翡翠色の目をしていた。誕生の瞬間から、アリッサはニックとオリンピアの家族をさらに親密に近づける役目を果たしてきた。

スピロス・マノリスは頻繁にやってくる。自分の子供が成長するときは仕事が忙しく、ほとんど何もできなかったスピロスは、曾孫を溺愛し、小さな動きのすべてに拍手を送る。オリンピアの母親イリーニは幸せな暮らしをしているという意識から、めきめき健康を回復していた。アリッサへの愛情にひけはとらないが、最近は人生にもうひとつの関心事を見つけている。

去年の冬を思い出してオリンピアはほほ笑んだ。中年の娘が友達を通じて知りあった退職した男やもめとデートしたのを知って、祖父はショックを受けていた。その男性ソティリスと、母はあと数週間で結婚する予定だ。オリンピアは結婚式が楽しみだった。

アキレスとアレクサンドラ夫妻は、義理の娘と親密で愛情深い関係を築くために、これ以上ないほどよくしてくれている。ペリはユーモア精神を発揮し、カテリーナが残していったいやな気分を忘れさせてくれた。そして、みんなに愛されるアリッサの存在は、すばらしい神の恵みに思えた。

嘘が暴かれた夜から半年後、カテリーナがニックとオリンピアに手紙を送ってよこした。二度と二人の人生を邪魔しようとは思わない、今では自分の行動を深く反省していると書いてあった。彼女はロンドンに移り、姉の家族と一緒に暮らしているらしい。新しい人生を踏みだしたようだ。

オリンピアの生活には今、一点の曇りもない。一年前にニックと結婚したとき、苦痛と悲しみしか待ち受けていない気がしていたのに、二組の家族から愛情あふれる支援を受け、愛する夫とすばらしい赤ちゃんを授かった。そして今日は、あれから一年目の結婚記念日だった。

オリンピアは首を飾るダイヤモンドのネックレスに触れ、ひそかに笑みを浮かべて鏡を見た。昔は、自分にダイヤは似合わないと思っていた。でもニックの目を通して自分を見るようになり、それから自分自身の目を通して見ることができるようになったとき、劣等感は消えた。今鏡に映るオリンピアは、ニックの希望どおり髪を長くたらし、魅力的な胸や腰を強調した美しいドレスを着ている。

「すてきだよ……」いつのまにか背後に立ったニックが妻の肩に口づけした。それから彼は、柔和な目で赤ん坊を見下ろした。「なんてかわいいんだろう。一年前、きみに家からほうりだされたとき、ぼくがまず何を考えたと思う?」

「オリンピアにこれほどのガッツがあるとは思わなかった、かしら?」

「いや。もし男の子が生まれて、これでいいわね、跡継ぎの息子よ、さあ離婚はいつするのって言われたらどうしようと思った。その瞬間から、生まれるのは娘でありますようにと祈っていたんだ」ニックは妻と指をからませ、とろけるようなキスをした。「愛しているよ、スイートハート(アガペ・モ)」

「完全に夢中で、永遠に愛するのね」オリンピアはささやいた。「さあ、食事にしましょう」

二人は石造りのテラスに出て、美しくセッティングされたテーブルに着いた。眠気を誘うような暑気が残る夕べ、オリンピアは、このクリトス島に着いた最初の朝うっとりと魅せられたすばらしい景色に見入った。そしてニックに目を移したとき、これまで以上に魅せられた。

わたしはニックを一生愛するわ。オリンピアはテーブルに運ばれてきた最高の料理を口にした。二人の視線がからみあう。ジャガーを思わせる金色の目と翡翠色の目が。食べ方がしだいに速くなり、次の料理が運ばれてくるのが待ちきれなくなってコーヒーが出てくる前に二人で消えても、誰も驚かないだろう。使用人がそんな場面に出くわすのはこれが初めてではないのだから。

●本書は、2001年5月に小社より刊行された作品を文庫化したものです。

裏切られた夏

2024年2月15日発行　第1刷

著　　者／リン・グレアム
訳　　者／小砂　恵（こすな　けい）
発 行 人／鈴木幸辰
発 行 所／株式会社ハーパーコリンズ・ジャパン
東京都千代田区大手町 1-5-1
電話／03-6269-2883（営業）
0570-008091（読者サービス係）
印刷・製本／中央精版印刷株式会社
表紙写真／© Victoriaandreas | Dreamstime.com

定価は裏表紙に表示してあります。

ISBN978-4-596-53541-2

1月30日発売　ハーレクイン・シリーズ 2月5日刊

ハーレクイン・ロマンス　愛の激しさを知る

ギリシア富豪と薄幸のメイド　リン・グレアム／飯塚あい 訳
〈灰かぶり姉妹の結婚Ⅱ〉

大富豪と乙女の秘密の関係　ダニー・コリンズ／上田なつき 訳
《純潔のシンデレラ》

今夜からは宿敵の愛人　キャロル・モーティマー／東　みなみ 訳
《伝説の名作選》

嘘と秘密と一夜の奇跡　アン・メイザー／深山　咲 訳
《伝説の名作選》

ハーレクイン・イマージュ　ピュアな思いに満たされる

短い恋がくれた秘密の子　アリスン・ロバーツ／柚野木　菫 訳

イタリア大富豪と小さな命　レベッカ・ウインターズ／大谷真理子 訳
《至福の名作選》

ハーレクイン・マスターピース　世界に愛された作家たち ～永久不滅の銘作コレクション～

至上の愛　ペニー・ジョーダン／田村たつ子 訳
《特選ペニー・ジョーダン》

ハーレクイン・ヒストリカル・スペシャル　華やかなりし時代へ誘う

公爵の許嫁は孤独なメイド　パーカー・J・コール／琴葉かいら 訳

疎遠の妻、もしくは秘密の愛人　クリスティン・メリル／長田乃莉子 訳

ハーレクイン・プレゼンツ作家シリーズ別冊　魅惑のテーマが光る極上セレクション

裏切りの結末　ミシェル・リード／高田真紗子 訳

既刊作品

「純白のウエディング」

ダイアナ・パーマー　　山野紗織　訳

天涯孤独のナタリーは隣家の大牧場主マックに長年憧れていた。ところが彼は、ナタリーを誘惑したくせに、冷たく突き放したのだ。傷心の彼女は家を出るが…。

「冬の白いバラ」

アン・メイザー　　長沢由美　訳

ジュディは幼い娘と６年ぶりにロンドンへ戻ってきた。迎えたのは亡き夫の弟でかつての恋人ロバート。ジュディは彼が娘に自らの面影を見るのではと怯えて…。

「夢一夜」

シャーロット・ラム　　大沢　晶　訳

フィアンセに婚約解消を言い渡され、絶望を隠して、パーティで微笑むナターシャ。敏腕経営者ジョーに甘い愛を囁かれて一夜を過ごすが、妊娠してしまい…。

「幸せをさがして」

ベティ・ニールズ　　和香ちか子　訳

意地悪な継母から逃げ出したものの、ベッキーは行くあてもなく途方にくれていた。そこへ現れた男爵ティーレに拾われて、やがて恋心を募らせるが拒絶される。

「悪魔のばら」

アン・ハンプソン　　安引まゆみ　訳

コレットは顔の痣のせいで、憧れのギリシア人富豪ルークに疎まれ続けてきた。だが、ある事故をきっかけに別人のような美貌に生まれ変わり、運命が逆転する！

既刊作品

「花嫁の契約」

スーザン・フォックス　　飯田冊子　訳

生後間もない息子を遺し、親友が亡くなった。親友の夫リースを秘かに想い続けていたリアは、子供の面倒を見るためだけに、請われるまま彼との愛なき結婚を決める。

「婚約のシナリオ」

ジェシカ・ハート　　夏木さやか　訳

秘書のフローラは、友人に社長のマットが恋人だと嘘をついてしまう。だが意外にも、マットからもお見合いを断るために、婚約者を演じてほしいと頼まれる！

「情熱はほろ苦く」

リン・グレアム　　田村たつ子　訳

強欲な亡き祖父のもとで使用人同然として育てられたクレア。遺言により財閥トップで憧れだったデインと結婚するも、金目当てと誤解され冷たく扱われてしまう。

「思い出の海辺」

ベティ・ニールズ　　南　あさこ　訳

兄の結婚を機にオランダへ移り住んだ看護師クリスティーナ。希望に満ちた新天地で、ハンサムな院長ドゥアートに「美人じゃない」と冷たくされて傷ついて…。

「アンダルシアの休日」

アン・メイザー　　青山有未　訳

カッサンドラは資産家の息子に求婚されるが、兄のエンリケに恋してしまう。それが結婚を阻止するための罠だと気づいたときには身ごもっていた。10年後…。